最美是詞

四十帖溫潤生活的詞句，勾勒生命的幸福光景

琹涵

目次

卷二—— **往事如煙** 北宋

卷四——戀戀逝水 元明清

寫在前面

深心繫念都在詞

年少的時候，我有多麼喜歡詞，也是因為它太美了吧。

詞裡，隱藏著我的夢和心事。

有多少在人前無法啟齒的心思，我在詞裡默默尋覓著屬於自己的心情，那樣的共鳴，那樣的狂喜，多麼讓人難忘。

有如一朵荷，對著我神祕的微笑，彷彿在說：「噓，不可說！不可說！」

於是，年輕時候的我，常拿著詞卷坐在樹下、溪旁、窗前讀詞，偶爾飄落的黃葉，潺潺的溪流，天邊張望的雲朵，他們都曾聽過我朗朗的誦讀之聲吧？是否還能記起我那天真的容顏呢？

感謝有這麼優美雋永的詞，豐富了我的心靈。

為何會想寫這本《最美是詞》？跟以往出版的詞集相比，有何獨特之處？

我在二〇一三年十一月，出版《最愛詩詞：擁抱生命的永恆風景，念念不忘的詩詞名句》時，意猶未盡，就已經開始著手寫《最美是詞》了。無法很快的交卷是因為費時費事，要找到合宜的故事和能夠搭配的詞句常需要長期的醞釀和再三的斟酌。我跟自己說：「慢慢寫吧。如果這是上天的意思，那麼，就會給我足夠的心力和時間來完成。」也或許，是因為我不敏，所以即使認真的寫，也需要花費比別人更漫長的歲月。如今，我明白，每個人天賦資質的不同，我不敢有怨言，但是，能寫出一本自己喜歡的、美麗的書，也是一件很快樂的事。

往日，我也曾寫過和詞有關的書，例如：《慢讀宋詞》、《宋詞藏情錄》只收宋代詞人的作品，《好詞》則不限於宋代，然而，他們都是全首都錄。

這本書，和詞相關，不限宋代，只選名句，真心希望所選的都是最美的詞。

本書除了宋詞，也收錄了其他年代的詞作，為何會想收錄其他年代的作品？

和此書比較相近的是《最愛詩詞》，一樣不限年代，詩詞都有，只選名句。我自己喜歡詩詞，以為這是兩全其美。我的朋友卻跟我說：「不是每個人都同樣喜歡詩詞的。有人偏愛詩，有人喜歡詞。說不定有讀者會認為，他花了一本書的錢，卻只看到了半本，很委屈呢。」我聽了大驚，卻也覺得不無可能，因此有了《最美是詞》的產生。那麼，是否還會有另一本詩呢？的確也是有的，仍在努力續寫之中。

只選名句，是由於面對斯情斯景，驀然上我們心頭的，常是那最為貼切的三兩句。如：「自在飛花輕似夢，無邊絲雨細如愁。」「眾裡尋他千百度，驀然回首，那人卻在，燈火闌珊處。」「回首向來蕭瑟處，歸去，也無風雨也無晴。」「今宵酒醒何處？楊柳岸、曉風殘月。」……

不限年代，是由於宋詞固然登峰造極，然而，「詞壇二李」，李煜和李清照，前者五代人，後者宋人，加以歷代詞人也有傑出的名作和膾炙人口的名句，所以選詞時打破了宋代的局限，讓我們可以讀到更多其他年代的好詞名句，也是賞心樂事。

您有特別喜歡的詞人或詞作嗎？

我們在不同的年歲裡，會有相異的興趣。閱讀也是這樣。

年少時我喜歡晏殊和李清照的詞，一個自覺孤單、不被了解的少女，總是在他們的詞裡，得到了很大的慰藉和鼓舞。或許世人無法了解我內心深處那許多的奇想和憂傷，透過那些引發我共鳴的詞作，我知道我是被接納和理解的。

長大以後，投身職場，也未必事事順遂，總有遭遇困頓挫敗、傷心落淚的時刻，東坡詞是我最大的安慰。他的文字渾然天成，也極為貼近受苦的心靈，或悲憫或詼諧或豁達，另有一種特別的溫暖。他瀟灑的身影和流傳的故事，為無數後人所津津樂道。透過他的文字訴說，我們也彷彿與他風雨同行，更分享了彼此的憂歡悲喜。

然而，我自始至終都愛稼軒詞，辛棄疾是我心中的英雄。

儘管他的一生動蕩，經常懷抱抑鬱，儘管有志未伸，多少黯然神傷；可是，作品的深厚雄闊，蒼渾沉鬱，真的是豪氣與深情兼具，最是令我傾心。

你呢？你喜歡誰的詞？

詞的閱讀對您在創作上有什麼影響呢？

我相信，所有的閱讀對我在寫作上都有或多或少的影響，甚至都曾留下或深或淺的痕跡。

常有人說我的文字優美，我其實一無所覺。思索很久，或許是長年讀詩詞帶給我的潛移默化吧。

我以為，更可貴的，在於人生境界的帶領和提升。

詩詞的閱讀是美學的開始，美育，何其重要。它，讓我們擁有美的眼光，在尋常事物中也能尋覓出美的所在。這豐富了我們的心靈，當我們的內在豐足了，就不會陷入外在無盡的需索之中。物質固然重要，但不會是唯一。名利固然引人欣羨，卻不應成為全力追逐的目標。

世上還有更迷人的追求，例如理想和快樂，例如那一點悲憫的不忍之心。

我以為，詩詞對我更大的影響，是讓我站在衣香鬢影間，即使粗衣布服也不覺得羞赧，我的心中自有丘壑。

詞有所謂的入門之作嗎？對剛開始接觸詞的朋友，您有什麼建議嗎？

我想，《詞選》可以作為入門的書。例如《全宋詞》、《清詞三百首》等也都屬此類。

這類的書兼容並蓄，有許多名家的詞作可供閱讀欣賞，那麼，就選你最有興趣，讀來覺得興味盎然的。反覆多讀幾次，在其中，選定你喜歡的詞家，開始讀專家詞，如《柳永詞》、《小山詞》、《稼軒詞》、《東坡詞》等等。必須以興趣為依歸，而興趣會不斷的牽引擴大，一山還有一山高。能活在興趣裡，不知老之將至，多麼令人羨慕。

關於心靈書寫

那日，接到我早年教過的學生姿瑩打來的電話，她是個愛書人。她說：「老師，我想買《寫給自己的情書》，作為送給朋友們的禮物。老師那兒還有餘書嗎？」

「沒有，連一本也沒了。」距離書上市僅僅一週。「或許妳問問出版社吧？」我突然想到問她：「妳喜歡這本書？還是我的詩詞系列呢？」詩詞系列的讀者一向很多。

她說：「都喜歡啊。因為都屬於心靈書寫。」

我想起了久遠以前，恐怕都超過三十年了吧？那時我和小說家白慈飄初相識，在看過我的書後，她跟我說：「像妳這種心靈書寫，是可以永遠屹立，不受流行風潮的影響。」當時我雖然聽了，卻不曾細究。如今想來，的確，無論我寫的是生活小品、勵志文集、校園故事，甚至詩詞系列，那些也只是一般的歸類，其實，我從來沒有脫離心靈書寫的範疇。

在漫長的寫作時光裡，我所有的書寫，或隱或顯，或長或短，無論呈現的是怎樣的面貌，追根究柢，都緣自心靈。

長達數十年，我既不曾寫膩，讀者也不曾讀厭，這簡直是一場無可言說的「神奇」，我又該如何表達我心中的感謝呢？

有一天，我讀書。

書上說：繪雪者，不能繪其清；繪月者，不能繪其明；繪花者，不能繪其香；繪風者，不能繪其聲；繪人者，不能繪其情。

畫雪，畫不出雪的潔淨；畫月，畫不出月的明亮；畫花，畫不出花的香氣；畫風，畫不出風的聲響；畫人，畫不出人的神韻。

大自然是我們永遠的導師，繪畫，畢竟不能窮盡所有的奧妙。

那麼，從文言到白話，從詩詞到解說，更是步步艱難。

然而，總要有人來做，投石問路也好，拋磚引玉也好，希望後繼者能踩踏著前人的足跡，而有更傑出的成績，這是我衷心的期待。

閱讀和寫作都是漫漫長途，不見盡頭，足以相伴一生。我從來敬畏文字的力量。它們的確改變了我的心——更勇敢、更溫柔；也讓我擁有更有意義的人生。

有多少深心繫念都在詞。

詞，一直是我心尖上那一朵小小的蓓蕾，沾著晨露，迎著風，我但願它能綻放出更大的驚喜，豐富也繽紛了你我的生命。

《最美是詞：四十帖溫潤生活的詞句，勾勒生命的幸福光景》會在六月和大家見面，這也是我美麗的獻禮。如同在夏日薰風中搖曳的一朵荷，亭亭淨植，香遠益清，真心希望你也會喜歡。

卷一——回首凝眸

五代十國

那纏綿的心情，難道寫的不是自己嗎？
傷痛的是：對方不是遠遊未歸，
而是永遠走出了自己的生命，是天涯不歸人！

雖是近黃昏

「真是受不了，」她不高興的跟我說：「我媽就是大驚小怪。不知怎麼的，聽說我去了夜店，東問西問，沒完沒了。」

「也是關心妳啦。」

「就怕她這樣，我總是瞞著。」

「妳越瞞著，她越好奇。說不定，在想像裡，更是無限的擴大，簡直是一場災難。」

「災難？就是。死腦筋喔。我哪敢讓她知道我去唱歌跳舞？她總是以為，那都是不正經的女人才會做的。」

我認識她時，她是個美麗活潑的女大生，父母寵愛，生活過得十分愜意。沒想到不久，她的父親中風昏迷，所有的好日子都結束了。

家中最重要的經濟梁柱倒了，簡直是革命性的改變。她彷彿從雲端掉落到地上，一切從頭開始。

二十歲，還在懵懂的年歲，艱難的生計讓她一夕長大。她必須半工半讀，勉強維持學業，下課後還得趕到醫院照顧父親、幫忙添購必須的生活品，然後搭最後一班車回家。然而，父親依舊不起，幸好他的保險理賠金勉強維持住風雨飄搖的家。

畢業後，她一直找不到合適的工作，終於明白讀文科的不務實際，於是她暫時在一家服飾店當櫃姊，有個男性友人對她好，也只是這樣。有一天，那男友的媽媽打電話給母親，自認高人一等，言語間多有倨傲和奚落。從來不講究溝通技巧也沒有耐心的母親很怒，卻不容她辯解，狠狠的打了她一頓，拘禁起來。她好氣，何以如此不信任她的清白？於是，趁母親不注意時，離家投奔男友，公證結婚去了。年少輕狂啊，她在懵懂裡，婚結了，婆婆強勢，不給好臉色，丈夫是個俊秀的男子，自有許多女人投懷送抱。生了兒女以後，她才明白往日母親對她的憂心和疼愛，可是一切都晚了。

尤其，丈夫一家人都好賭成性，這簡直讓她活不下去。再是富貴之家，也禁不得一賭再賭，何況是一家人都賭！又何況，其實家境也沒有有錢到那樣！

就在兒女讀小學時，她決定簽字離婚，兒女歸她，因為丈夫也沒有能力賺錢養家活口。她需要錢，每天身兼兩份工作，從早忙到晚，時間長，卻賺不了什麼錢。直到她後來進入保險業，才算有了安身之處。

一切都在逐漸的好轉之中，想起之前的那段日子，有如南唐．李璟〈攤破浣溪沙．秋恨〉中所寫的：

還與韶光共憔悴，
不堪看。

芳華歲月與美好時光一起流逝，憔悴得不忍觀看。這樣的憂傷嘆息，是多麼深沉的悲戚啊。

幸好如今兒女逐漸長大，目前都讀大學了。女兒尤其貼心，品學兼優，給了她很大的安慰。

希望此生的艱難，永遠不會在兒女的身上出現。這是一個母親由衷的期待。屬於她人生的黃昏也逐漸的來到了眼前。她真心盼望，雖是近黃昏，夕陽無限好。

【原詞】

南唐．李璟〈攤破浣溪沙．秋恨〉：

菡萏香銷翠葉殘，西風愁起綠波間。還與韶光共憔悴，不堪看。

細雨夢回雞塞遠，小樓吹徹玉笙寒。多少淚珠何限恨，倚闌干。

荷花的芳香已經消失，連青翠的荷葉都已逐漸凋殘，西風漾起了綠波，人也跟著生愁。芳華歲月與美好時光一起流逝，憔悴得不忍觀看。

細雨霏霏，與遠戍雞塞的人在夢中相會。驚醒後，在小樓不斷吹奏玉笙，以至於簧片濕氣相侵。滴落了多少淚珠，也難解心中無限的恨，她正獨自倚樓，黯然神傷。

【詞家】

李璟（九一六～九六一）

字伯玉，是五代十國時期南唐的第二位君主，史稱南唐中主。喜好讀書，多才多藝，書法尤佳，詞作有名，與其子李煜並稱「南唐二主」。其詞不事雕琢，感情真摯、風格清新。

明代王世貞云：「花間猶傷促碎，至南唐李王父子而妙矣。」

南唐中主詞〈攤破浣溪沙〉的「小樓吹徹玉笙寒」是流傳千古的名句，王國維《人間詞話》評論：「菡萏香銷翠葉殘，西風愁起綠波間」，大有《離騷》中「眾芳蕪穢、美人遲暮之感」。

初戀的詩篇

每個人都有過初戀，縱使是青澀難嘗，不願再回顧；然而，那不曾修成正果的年少戀情，卻在物換星移、隔著山山水水以後，成了此生難忘的詩篇。

結婚都二十多年了，現在兒女長大，她終於有了一些屬於自己的時間。老伴給了她很大的自由，對於她的外出和交遊，從來不曾加以干涉。他的確是個君子，值得終身相依。

或許，她想，丈夫也必然明白自己是個有分寸的人，所以才如此信賴吧。

平淡的婚姻生活，一如白開水，也越過越沒有滋味了。

可是，白開水更有益健康啊，總比那些市售加料的各種飲品好多了，誰知道那加進去的是什麼？

有一天，她接到一通電話，號碼很多，顯然是來自手機。對方很熱切的說：「我找妳好久了，好不容易才打聽出妳的電話來。」

那聲音既熟悉又陌生，竟然是久遠以前初戀的男友。

的確她曾經換過幾個服務的學校，要一一輾轉追蹤，想必很是費了一番心思。

「我只想知道妳好不好？」

「我很好。」她淡淡的說。

「見個面好嗎？」

「我最近比較忙，等有空時再跟你聯絡吧。」她抄下了對方的手機號碼。

她心裡知道，不可能聯絡的，旋即扔掉了寫著手機號碼的紙張。

不管對方現在是已婚或單身，再見面？她不認為有必要。

她的初戀在十九歲，大一。

那麼青春的年華，她愛得真摯卻又羞怯。說不出口的濃情蜜意，只因沒有明白的允諾，那男子竟然另外結交女友。她日日在下課後，躲在男友住處的附近，卻又沒有勇氣現身加以質問，時間拖了很久很久，情傷才得以慢慢平復。

也許，她太少不更事了，在那麼單純的歲月就談感情，哪裡承擔得起？如何接受？又如何付出？其實是懵懂的。

也許，那時候，她也真的太笨了。小小年紀的她，真的不曉得如何據理力爭？又如何捍衛權益？

就那樣，不明不白的分手。

後來，她在「詞選」課上，讀到南唐．李煜〈清平樂〉中的句子：

離恨恰如春草，
更行更遠還生。

唉，離恨一如春草，越行越遠，仍不斷在滋生。

觸目傷懷，這是一闋多麼扣人心弦的佳作。

讀這樣的詞，竟然覺得，那纏綿的心情，難道寫的不是自己嗎？傷痛的是：對方不是遠遊未歸，而是永遠走出了自己的生命，是天涯不歸人！

她簡直不敢想，自己到底是怎麼走過來的。

直到她去教書，辦公室裡的男老師追她，終於結婚了。

也是在那個時候，她聽說，初戀的男友離婚了，後來是否再婚？她也不知道。也不需要知道吧？她想。

婚姻是抉擇，卻也各有自己的路。他們曾經相遇，往後，卻只有相距日已遠。她已經沒有什麼感覺了。婚姻裡，除了愛，更多的是體諒和尊重。

想到那樣的一場初戀，真誠熱烈，卻也短短的，一如詩篇。

【原詞】

南唐．李煜〈清平樂〉：

別來春半，觸目柔腸斷。砌下落梅如雪亂，拂了一身還滿。

雁來音信無憑，路遙歸夢難成。離恨恰如春草，更行更遠還生。

自從別後，春天已經過了一半，觸目春景，更讓愁腸為之寸斷。階下，有飄落的白梅，竟然像雪一般的紛亂，縱使輕輕拂去，又是一身還滿。

大雁飛來，卻未能見到錦書，畢竟音信無憑，只見歸路遙遠，好夢畢竟也難成。唉，離恨一如春草，越行越遠，仍不斷在滋生。

【詞家】

李煜（九三七～九七八）

字重光，號鐘隱，是南唐中主李璟的第六子，南唐亡國前的末代君主，後世稱為李後主。雖然在政治上缺乏建樹，但在詩詞歌賦、書畫等藝術方面的成就極高。

李煜前期的詞風不脫五代花間派綺麗濃豔的習氣，在南唐滅亡後被宋太宗軟禁期間，以一首首流淚泣血的名作，成為千古聞名的詞人，被譽為「詞聖」。後期詞作寫家國之恨，淒涼悲壯、含意深遠，不但成為宋初婉約派的開山大師，也為蘇軾、辛棄疾的豪放派埋下伏筆，於詞史上有承先啟後的作用。

清朝沈雄《古今詞話》語：「後中疏於治國，在詞中猶不失為南面王。」

清代王國維《人間詞話》指出：「詞至李後主而眼界始大，感慨遂深，遂變伶工之詞而為士大夫之詞。」

曾經是親密戀人

那是她的初戀。

那時候，他們愛得熱烈，可是這段戀情卻沒有開花結果。後來男婚女嫁，往日有過的甜蜜如同一場夢。

三十多年以後，那女子在一個特別的機緣裡，取得了他的電話，於是每天給他打電話。這時候，她已經恢復單身。原有的婚姻因為丈夫的外遇而中止，失婚後，她帶著兩個兒子過生活。她說及這段日子的艱辛，幾乎落淚。後來她去做生意，幸運的，就在她每次遇到危機時，卻能很奇妙的轉成了良機。也許是貴人的出現，也許是時勢所造就。每回賺了錢，她就買地買房，如今世界各地的房地產價格節節攀升，她在臺北、高雄，甚至青島、上海的房子，早就翻了又翻，累積的財富也算不少。

兒子長大了，成家立業時，她各給一棟房子。她自己衣食無虞，定居南臺灣。

他住臺北。三十多年的婚姻早已疲乏，金錢投資的失利，夫妻雙方累積的怨怒，使得兩人漸行漸遠。雖然住在同一個屋簷下，太太說話的語氣不佳，做起家事不甘不願。有時候，連餐也不打理。幸好住在大都會，生活機能優，也就勉強湊合著過去，縱使內心未必舒坦。

好了，現在初戀的女友日日電話問好，說別後，訴衷曲，有時候還哀哀哭泣，說自己內心對他的思念。

他可是個有家室的人。他以為，自己無錢無勢，不可能再續前緣，不過是聽她在電話裡說說罷了。

奇怪的是，他只能被動的接電話，對方不肯告知她的電話號碼，而每次她打來，所顯示的都是0。

他大學考了兩年才考上他心目中的科系，家境清寒，他非讀師大院校不可，後來他果然進了師大，在臺北。這時，在高雄的她已經是百貨公司的專櫃小姐了。有一次她來，哭哭啼啼說是對不起他，總之，伊人琵琶別抱，就此失了聯繫。

畢業後他去教書，娶了在同一所學校任教的女老師。

畢竟是她先辜負了這段感情，如今還有什麼說詞嗎？說她的思念，說她的愛，兩個人都已經走到了人生的黃昏，往日的戀情也只是昨夜的一場夢。

他想起的是南唐．李煜〈子夜歌〉：

往事已成空，
還如一夢中。

唉，往事都已成空，猶如是在一場夢中。昔日的甜美，都一一翻飛成如今心中的苦楚，還有什麼話可說呢？比起李後主的亡國之恨、故園之思，相形之下，屬於他的，也不過只是人間世俗的情愛罷了。

當年，他的確曾經有意娶她，然而，她的背離讓一切都成為夢幻泡影。當時，他幾乎活不下去，人就像失了魂一般，簡直是行屍走肉勉強撐著，連自己都不曉得如何捱過那段日子？

年輕的時候，她非常的美，人也熱情，有如花蝴蝶一般，如何肯只為一朵花而佇足？

曾經是親密戀人，如今不能割捨的，也只是當年青春的記憶。他曾經這麼誠心誠意的愛一個人，此刻想來，也美如詩篇。

他不癡心妄想，至少，自己的這一生坦蕩磊落，不曾辜負任何人，他是對得起天地的。

「一切都是命吧。」如今他已退休，閒居時寫字畫畫、打太極拳，他習於如此平靜的歲月。世間兒女所有的貪嗔癡，就都努力試著放下吧。

還有什麼怨懟嗎？他問自己。應該也沒有了，他的內心沒有罣礙。

也祝福對方能有一個平靜的晚年。這樣，就好了。

【原詞】

南唐・李煜〈子夜歌〉：

人生愁恨何能免？銷魂獨我情何限！故國夢重歸，覺來雙淚垂。

高樓誰與上？長記秋晴望。往事已成空，還如一夢中。

人生的仇恨如何能免去？為何只有我為之魂銷，悲情無限！在夢中我重回故國，醒來雙淚長流。

如今還有誰能和我一起同上高樓？心中念念不忘的是昔日秋晴，登樓遠望。唉，往事都已成空，猶如是在一場夢中。

情迷

她有一個美麗乖巧的女兒，是全家人的驕傲。

那女孩，我曾經見過。有一次，我在住家附近見到她和一年輕女孩同行，原來就是她的女兒，秀麗而微帶靦腆，相當清新可人。

最近卻聽說，她那剛大學畢業的女兒居然失蹤了。全家人死命的找，毫無頭緒，多麼讓人焦慮和擔心！一個多月以後，接到女兒打來的電話，說她目前在一間廟裡修行，請家人放寬心。

可是，也有人小聲的跟我說：「真實的情形並不是這樣，那女兒陷入了不倫之戀，無法自拔……」

怎麼會這樣呢？

是那年輕女孩涉世未深，哪知人心的險惡？一時不察，聽信了花言巧語，竟然愛上了有婦之夫，前景多麼堪慮。

真心希望有一天她能清醒回頭，重新走回人生的正路。

可是，那還需要多少時間呢？

青春如花，迷人眼目，引起男性的追逐，也是常有的事。越是年輕漂亮，越是有幾分姿色的女子，恐怕飛撲而來的男性也多如蒼蠅，趕也趕不走吧。

漂亮的美眉，在感情上，所受到的追逐和試煉，只怕也會更多，更須要小心提防，審慎處理。否則，萬一所遇非人，就怕再回頭已百年身，所受到的身心傷害平復不易。

所以，要珍惜自己的青春，因為「花月正春風」，千萬不要走錯了路頭，一如南唐．李煜在〈憶江南．懷舊〉中所寫的：

多少恨，

昨夜夢魂中。

心頭有多少愁恨，都源於昨夜的夢裡。

小心謹慎，是有必要的。

意亂，所以情迷。這般感情的濃烈，讓人有如飛蛾的撲火，殞身不顧。只是有朝一日，重新回顧，又是何等光景？

可憐的女孩，又哪知父母的心碎和傷痛？

然而，此刻一籌莫展，也找不到有效的良方足以應對。

看來，也唯有等待，等待她的夢醒歸來。

或許，愛也如同潮水，如此感性，如此澎湃，卻也可能氾濫成災。

但願有堤岸加以規範，堤岸是冷靜的理性，讓愛不至於出軌，讓愛可以長長久久。

然而，如果沒有水的流動，岸的存在只是虛空而多餘。

水流與河岸有著相互依存的關係。理性和感性也是。

熱情需要冷靜的節制，才不至於失控成災。冷靜需要熱情的溫度，才能確切傳達了愛。

即使愛如潮水，依舊須要冷靜的配合，才不至於氾濫，才能長久。一如細水的長流，而不是像煙火，短暫的燦爛，過後便是永遠的沉寂。

【原詞】

南唐・李煜〈憶江南・懷舊〉

多少恨，昨夜夢魂中。還似舊時遊上苑，車如流水馬如龍，花月正春風。

心頭有多少愁恨，都源於昨夜的夢裡。夢見自己仍好像是從前在金陵遊園時，車似不斷的流水，馬如飛騰的蛟龍，又恰值春風拂面，月明如晝，花繁似錦。

不堪承受之重

從華納威秀看完電影出來，心裡仍想著方才的電影情節。

有人擋了我的去路。我一抬頭，也聽到了對方叫著我「鄭姊姊，鄭姊姊」和一張熱切的臉，有點兒眼熟，又不太能確定。

「鄭姊姊，我是荳兒！」

「荳兒啊，」我驚喜極了：「我們有多久不見了！」

荳兒當年住在我家隔壁，是貨真價實的「鄰家女孩」。我和她姊姊同班，她常跟著姊姊來我家，不太多話，很愛看書，小我三歲。

可惜，後來兩家相繼搬離臺南，各自忙著讀書、做事，竟然失去了聯絡。

算一算，一別，早已超過三十年了。

我還另外有事，彼此交換了聯絡電話，約期再敘。後來，她來我的工作室。

別離的歲月太長，再相見，有太多的話要說。

「妳姊好嗎？」

「好啊，她東海畢業，就出國讀書了。後來在美國結婚，就一直住在美國。……」因為當年是鄰居，交往頻繁，兩家相熟。如今雙方的父母都已經辭世，你看，連我們都向著黃昏逐漸靠攏了。

離合悲歡，難道不像是一場夢嗎？

荳兒談起她的人間行路，幾度紅了眼眶。

荳兒的婚姻，還是舅舅牽的紅線。丈夫外表老實，看來溫和有禮，出身寒微。其實，只要有志氣，不怕不能出人頭地。

當初，她也的確是這麼想的，於是共結連理。

可是，要了解一個人有多麼的不容易。共同生活以後，對方的缺點才一一浮現。

丈夫是個「野心家」，哪裡肯久居人下？

那時候，他們的兒女讀中學，老大高二，老二國三，丈夫終於決定創業，自立門戶。資金除了積蓄，還抵押了房子，其餘向娘家父母借貸。爸媽疼惜，二話不說，給了錢。一開始篳路藍縷，哪是容易？要省錢，只好事必躬親，連她也被拖下了水，起早趕晚，戰戰兢兢。

慢慢的，上了軌道。公司開始有了盈餘，業務和人員都一再擴充。看來蒸蒸日上，充滿了朝氣，飛黃騰達指日可期。

沒想到，那是噩夢的開始。

新招進來的員工，有的是辣妹，只當花瓶，不會做事。她只好繼續坐鎮，要不，打情罵俏的，成何體統？現在的美眉，是不太避諱的，敢公然來搶，更是不談廉恥的。

當然，要怪的，還是自己的丈夫。他體貼，只是不宜體貼到別的女人身上去。難道他想的是「近水樓臺」？而全然不是「兔子不吃窩邊草」？每次，他想要外出，就借題來吵，然後摔門出去。去哪裡了呢？她一點都不知道。

那段日子過得很苦，不在形體的忙碌，而是心中難言的苦。那樣的心境，一如南唐．李煜〈蝶戀花〉中的名句：

一片芳心千萬緒，
人間沒箇安排處。

我的一片芳心，千絲萬縷，在這人世間卻尋不到一個可以安放的地方。

內心的愁緒之深，豈可言喻？

後來，她決定回歸家庭，反正公司已經略有規模了，有些事，還是眼不見為淨。

兒子讀研究所，女兒也上大學了，家事不多，她到美術館去當義工。

丈夫的緋聞不斷，也是意料中的事，她不想聞問。只是他的脾氣不穩，常會抓狂、咆哮、不可理喻。有一次甚至動手打了她。

沒料到他會打人，她嚇呆了，沒有反應。

第二次，丈夫又動粗。她立刻伸手去抓，抓得他滿臉血淋淋，都是條條血痕，然後，她帶著行李，離家出走。

丈夫認錯，從此不敢再打她。出手打老婆，實在是沒品！

唉，想到自己都這把歲數了，年過半百談離婚，也沒有什麼必要。她把錢守好，花心的丈夫老在外頭灑銀子，討好年輕美眉，他身上的錢遲早都歸於別人，到那時，就等著來求她收留吧……

聽來彷彿是故事卻又如此的真實，它發生在荳兒的身上，多麼讓我不忍。怎麼想得到呢？當年的小跟班，在經歷現實生活的種種風雨歷練，如今顯得堅強而有智慧。

她卻說：「我寧可還是笨笨的。命好，比較重要啦。」可是，上天的安排又哪裡由得了我們？

花心，外遇，亂發脾氣，都是自私、不負責和不成熟。對人生伴侶來說，那都是生命中不能承受的重啊。

【原詞】

南唐．李煜〈蝶戀花〉：

遙夜亭皋閒信步，乍過清明，早覺傷春暮。數點雨聲風約住，朦朧澹月雲來去。

桃李依依香暗度，誰在秋千，笑裡低低語？一片芳心千萬緒，人間沒箇安排處。

長夜漫漫，就在水邊的亭子附近隨意散步，剛過了清明，對春天的遲暮，早已感覺傷悲。密雲飄過，帶來了幾點寥落的雨聲，很快的被夜風給約束住，雲破月來，朦朧的淡月周圍，只見雲朵飄忽來去。

庭院裡的桃李盛開，有暗香飄送，是誰在秋千架上輕笑低語？我的一片芳心，千絲萬縷，在這人世間卻尋不到一個可以安放的地方。

當年的一顆種子

當年無意中落下的一顆種子，竟然在許久之後，長成了一棵巨木，枝繁葉茂，盤根錯節，就阻擋在她和母親之間。

大學時，她和學長是一對戀人，兩人甜甜蜜蜜，卻終究未能修成正果。原因是母親出面大力阻攔，棒打鴛鴦兩分離。

那時候，她已經在當地的女中教書了。為著這分手的傷痛，她除了上課，在家的時間幾乎陷入昏睡之中。睡吧！在睡夢之中，也許真的就可以忘掉所有內心的苦楚和憂傷！

好不容易心情逐漸平復好轉，整年都過去了，她也不想再交什麼男朋友，就等著母親替她安排相親。

相了好幾個，其中有個醫生最合母親的意，母親也喜上眉梢。在這個小鎮上，能嫁給醫生，此後穿金戴銀，簡直羨煞了一堆人。兩個人也曾有過短暫的往來，看電影什麼的。媒人跑來跑去，恨不得立刻訂婚，這媒人禮一定特大包。

可是，男方提出：「婚後，必須離職。」她不肯同意，男方也堅持，終究因此破局。

母親簡直氣壞了，說她不知好歹。

她不想成為菟絲花，依附一生。一點都不想。

她終於明白，那是她的婚姻，不能全由母親作主。因為要嫁的是她，總要自己心甘情願。

後來有人替她介紹了一個男子，兩人情投意合。對方只是個上班族，不符合母親的期待，可是她還是嫁了。母親大為不滿，連婚禮都沒有出席。

婚後，她努力修補和娘家母親的關係，年節送禮，生日的禮金，從來沒有少過。母親高興了嗎？她一點都不知道。

走在人生暮年的母親身體很差，經常進出醫院，都由她陪伴侍奉湯藥，一方面是她的住處離娘家不遠；另外一方面是哥哥弟弟都定居在外地，遠水救不了近火。她從來不曾有過任何的怨言，可是卻覺得母親越來越不可理喻，動不動就發脾氣。她體諒母親生病心情不好，不加以計較，母親卻變本加厲。

母女的關係緊張，一直是她心頭的重負。

夜深時，她想起南唐．李煜〈搗練子．秋閨〉中所寫的：

無奈夜長人不寐，
數聲和月到簾櫳。

暗夜如此漫長，人卻輾轉難以入睡，何況還有那砧聲，伴隨著明亮的秋月，透過窗櫺，清晰的傳入耳中。

長夜漫漫，多少憂思盈懷，剪不斷，理還亂。

有一次，盛怒中的母親把她做好的飯菜故意揮手打翻，大發雷霆。她默默無語，動手收拾殘局。母親竟然說：「妳當年不肯嫁給醫生，就已經得罪了我；現在怎麼巴結，都是沒有用的。」

什麼？原來，樑子是在那麼久遠以前就已經結下了，天啊。

可是，自己的婚姻不能作主嗎？難道強勢的母親連女兒的婚姻也要橫加干預？

她，無話可說。

也許，幾十年來，她所有的努力都是徒勞，可是面對的是自己的母親，如今病弱臥床，難道還要跟母親計較嗎？

只是，阻絕在她和母親之間的重重障礙，任憑她再努力，恐怕今生也難以跨越了。想到這裡，不免有著幾分沮喪。

她無語問天。

【原詞】

南唐．李煜〈搗練子．秋閨〉：

深院靜，小庭空，斷續寒砧斷續風。無奈夜長人不寐，數聲和月到簾櫳。

深深的院落顯得特別寂靜，小小中庭悄然無人，只聽見時強時弱的秋風裡，送來斷斷續續的擣衣聲。多麼讓人覺得無可奈何啊，暗夜如此漫長，人卻輾轉難以入睡，何況還有那砧聲，伴隨著明亮的秋月，透過窗櫺，清晰的傳入耳中。

卷一——

琹心涵語

◎那不曾修成正果的年少戀情，卻在物換星移、隔著山山水水以後，成了此生難忘的詩篇。

◎曾經是親密戀人，如今不能割捨的，也只是當年青春的記憶。

◎那纏綿的心情，難道寫的不是自己嗎？傷痛的是：對方不是遠遊未歸，而是永遠走出了自己的生命，是天涯不歸人！

◎熱情需要冷靜的節制，才不至於失控成災。冷靜需要熱情的溫度，才能確切傳達了愛。

◎即使愛如潮水，依舊須要冷靜的配合，才不至於氾濫，才能長久。一如細水的長流，而不是像煙火，短暫的燦爛，過後便是永遠的沉寂。

卷二——往事如煙

如今，前塵往事都成煙雲，
帶不走的，就忘記吧。
無所記掛，才能雲淡風輕。

北宋

她的故事

她從小金枝玉葉的長大，聽說是某大客運公司的女兒。我曾經到中部去玩，簡直是壟斷企業。所有在道路間行駛的大客車，都屬於那家客運公司的，想來財大勢大，景況如日中天，就算要忽視也難。

她受過很好的教育，在那個時代，臺灣女性讀書的例子並不普遍，她算是得天獨厚了。優渥的家境，加以父母疼愛，她過的是錦衣玉食的生活。

後來結婚，先生正派而且上進，不只工作上的表現優異，運動項目更讓人刮目相看，棋藝也精通。她算是嫁得好的。

我看她總覺得有點日本味道，拘謹有禮，是相當順服的一個女子，育有三個孩子，個個出色。

她果真嫁得好郎君，什麼事情都由能幹的丈夫作主，不勞她費心。孩子們守規矩，書也讀得好。一個醫生，一個教授，女兒則遠嫁美國，兒孫都優秀。

多麼讓人羨慕，鄰居們都說：「真是好命啊！受到這麼多的呵護，簡直是無憂無慮。」

終於走到了人生的晚年，有彩霞滿天。

夫妻相依相隨，歲月靜好。

有一天，血壓一向控制良好的丈夫竟突然中風倒下。她在一團紊亂中，被迫推到第一線上，什麼事情都必須獨自承擔。有些她會，有些不會，都必須學。無法慢慢磨，她必得立刻上手。

那樣的心境，恐怕也很難跟外人說吧。夜深時候，思前想後，會不會也有幾分像宋．錢惟演在〈木蘭花〉中的句子：

綠楊芳草幾時休？
淚眼愁腸先已斷。

依依垂楊，萋萋芳草，又能燦爛到幾時呢？就在淚眼迷濛裡，只覺得腸中百結，寸寸愁斷。

幸好到底經濟寬裕，請得起幫傭。也幸好人緣不錯，找得到願意協助的人。貼心的女兒則每隔三兩個月就飛回臺灣探望，陪伴安慰，也幫忙購買日常需要的用品。

然而，對她來說，那是生命轉彎的地方。從此，她不再是菟絲花，而是一棵大樹，挺立在風寒之中。從軟弱到堅強，她的改變有目共睹。

真的，人生的歲月說長也長，可是，沒有人能永遠一帆風順。無常，才是它真實的面貌。如果你不曾經歷，毫無所覺，那我也只能說，是你太幸運了。

活在當下，無有怨尤，她為我展現的是，充滿了智慧的人生。

如果人生是一本書，她在人生轉折處，所表現的勇敢堅定，也的確是了不起，足以成為榜樣。

【原詞】

宋・錢惟演〈木蘭花〉：

城上風光鶯語亂，城下煙波春拍岸。綠楊芳草幾時休？淚眼愁腸先已斷。

情懷漸覺成衰晚，鸞鏡朱顏驚暗換。昔年多病厭芳尊，今日芳尊惟恐淺。

站在城上眺望，只見眼前風光明媚，鶯聲嚦嚦。城下煙波浩渺，春水溫柔地拍打著堤岸。依依垂楊，萋萋芳草，又能燦爛到幾時呢？就在淚眼迷濛裡，只覺得腸中百結，寸寸愁斷。

我覺得自己的心境越來越衰老了。鏡子中青春的容顏一去不回頭，多麼讓人驚嘆。從前多病的我很怕喝酒，就在陽春將盡的今天，卻只嫌酒杯太淺。

【詞家】

錢惟演（九六二～一〇三四）

字希聖，臨安（今浙江杭州）人，北宋政治家、詩人，西崑體領袖。著有《典懿集》、《樞庭擁旄》前後集、《伊川漢上集》等，皆佚。《宋朝事實類苑》有輯錄。

幸福時光

唯有懂得珍惜和感恩，幸福才可能降臨到我們的生活中。

我的好朋友溫柔婉約，從來追求者眾，卻遲至近四十歲才走入婚姻。臨進禮堂前，她寫了一封信給我，說是謝謝我的鼓勵。

我們認識多年，有好長的一段時間還是同事。她那溫婉的個性，是非常討人喜歡的，常常有男同事藉故前來攀談，一聽也知別有所圖。當然，有很多人替她介紹，也曾陸續交往過，奇怪的總是無疾而終。後來，也聽說她認識了鄰近高職的男老師，最後也不了了之。然後，她調校，離去。

有一次，有人向我打聽這件事，探詢他們分手的緣由。原本很登對的兩個人，都要論及婚嫁了，為什麼竟然傳出分手的消息呢？

由於平日她通勤，我則在小鎮租屋而居，常常下班以後她會到我那兒聊天，然後我再送她去搭車。我們的交情不錯，卻從來不曾探問彼此的私人感情。我突然想起，有一天黃昏，我陪她在車站候車時，風吹來，一陣芬芳，原來她擦了香水。後來有一位男士前來，交給她一件東西就離去了。我還問：「那個人是誰？」她回說：「是學生的哥哥。」我居然不疑有他，不再追問。

現在想起來，含蓄的她，也許是想藉機讓我看看那個男子。可是，這樣的結果，一定令她大失所望。而從來被認為心思細膩敏銳的我，居然會是這般的遲鈍，也讓我如今想來，百思不得其解。會不會那個時候我太忙也太累了，無暇的心竟失去了它應有的靈敏？……

後來再相遇，我細問從頭，才知果真曾論及婚嫁，卻因一次相偕出遊，她從機車後座上摔落下來，慶幸只有輕微的擦傷，女方的父母因此希望暫緩再議，男方卻誤解為是女方婉拒，竟在極短的時間立刻另娶他人。從此橋歸橋、路歸路，蕭郎已成了陌路。

這事對她，其實是一種傷害；又聽說，對方那場匆促的婚姻是失敗的。

我勸她：「他這麼衝動草率的決定了自己的婚姻大事，是很不成熟的做法。事實證明，他的婚姻不美滿，也是咎由自取。更何況，在婚姻的漫漫長途裡仍不免遇到風雨，不成熟的心態，只怕帶來的紛爭和挫折更多。」

我惋惜，這麼美好的女子竟遲遲未能匹配良緣。

多年以後，我早已調回臺北，相距更遠。

有一天，她告訴我，她認識了一個在各方面都很不錯的男士。我立刻寫信告訴她：「樂觀其成。」這次，我可不能再遲鈍了。

果然姻緣天成。在雙方都懂得珍惜和感恩之下，他們的婚姻生活甜美。

從她這麼真實的感情故事裡，我不免悵觸萬端。想到她上一段感情的挫折與委屈，午夜夢回，難道也如同宋．柳永在〈雨霖鈴〉裡所說的：

今宵酒醒何處？

楊柳岸、曉風殘月。

誰知我今夜酒醒時身在何處？怕是只有楊柳岸邊，幾縷晨風以及一彎西斜的殘月了。

細想來，世間的一切，無論離散或聚合，都是因緣的流轉。緣至則聚，緣盡則散，莫不來自前定。明白了這個道理，或許，我們更能以寬闊的胸懷來面對今生所遇，也更願意活在當下。

幸福的時光，的確是給予那知福惜福的人。

【原詞】

宋．柳永〈雨霖鈴〉：

寒蟬淒切。對長亭晚，驟雨初歇。都門帳飲無緒，方留戀處，蘭舟催發。執手相看淚眼，竟無語凝噎。念去去、千里煙波，暮靄沉沉楚天闊。

多情自古傷離別。更那堪、冷落清秋節！今宵酒醒何處？楊柳岸、曉風殘月。此去經年，應是良辰，好景虛設。便縱有、千種風情，更與何人說？

秋後的蟬聲傳來是那樣的淒涼悲切，更何況對著長亭，正是傍晚時候，而一場驟雨才剛停歇。在京城郊外的餞行宴會上，只覺得無心無緒，正在依依不捨時，輕舟已催著要出發了。我們握手相看，滿眼淚水，無言相對，千言萬語都哽塞在喉間。想到這回去南方，千里迢迢，一片煙波，那夜霧沉沉的楚地天空竟是一望無邊。

自古以來多情的人容易感傷別離，更哪堪是在這蕭瑟淒涼的秋天！誰知我今夜酒醒時身在何處？怕是只有楊柳岸邊，幾縷晨風以及一彎西斜的殘月了。這一去，漫漫年月，就算良辰美景也如同虛設。縱然再有千萬種溫柔情意，又能向誰人去訴說呢？

【詞家】

柳永（九八七～一〇五三）

初名三變，字景莊，後改名永。

出身官宦世家，科舉屢試不第，至四十七歲時才被賜進士。仕途坎坷，生活潦倒，更加沉溺在紙醉金迷中。其詞作感情真摯、風格婉約，且精於音律，常創製新詞供歌伎歌唱，因而流傳廣遠，所謂「凡有井水飲處，皆能歌柳詞。」柳永死時家無餘財，由歌女聚資營葬。

柳永詞具承先啟後的地位：柳永是長調（慢詞）的倡導者，除了少數小令外，大部分是長調，有很多是自創詞調的，使詞在形式上有了變化，對宋詞的影響深遠。柳詞講究鋪敘，無論寫景、抒情都表達得極為生動真切。點染自然的藝術技巧，加以題材上的拓展，內容的豐富，喜用日常生活語彙入詞，更開啟了往後元曲創作的先河。

眼前一片雲淡風輕

她在婚姻裡走進又走出，竟因此耗盡了半生。

再回首，所有的恩怨情仇都已了，她也希望這樣。不能說自己心中沒有惆悵，眼前但見一片雲淡風輕。

她以為，雲淡風輕，也是一種好。

她一向愛寫日記，從中學時候就開始寫，一寫竟然持續了二十多年，真是始料未及。

有多少人前不肯訴說的心事，都一一寫在日記本裡。

日記，成了她心靈的堡壘。

人人都說她的文筆好，她也的確在許多比賽中得獎。她想，也許都是寫日記磨練出來的吧。

大學時，她寫得最熱中。那時候，學長在追她，寫她的初戀，她的工讀，她的學校生活。那些迂迴曲折的心思都細細的記載在日記裡，有時候事情忙，學校的女生宿舍早就熄燈了，她還點著蠟燭來寫……

大學畢業了，她去教書。結婚了，跟公婆同住，還育有一雙兒女。裡裡外外都要她來打點，真恨不得生出三頭六臂來。婚姻生活裡，難免有或大或小的各種摩擦，丈夫是獨子，從來不幫忙做家事，慢慢的，她把日記本束之高閣，甚至忘了寫日記的事。再後來，她離婚了。

生活中，太多的爭執磨損了原有的甜蜜，漸行漸遠的另一個原因是丈夫花心，且一再出軌。

那些年，她是不快樂的。失眠的夜，也讓她養成了睡前喝一杯小酒的習慣。就像宋．范仲淹在〈蘇幕遮．懷舊〉中所寫的：

酒入愁腸，

化作相思淚。

把盞澆愁，酒入腸中，都化成了點點相思的淚。

或許，那時她對丈夫仍是心存期待的吧。

離婚後，失眠竟然不藥而癒。為了離開傷心地，她自願請調前往鄉下的國中教書，兒子歸丈夫，她帶著女兒過活，逐漸的，她又開始寫日記了。寫對兒子的思念，寫女兒的日漸成長，也寫自己心中那不被理解的委屈和不平。

回想她曾經有過的婚姻生活，由於沒有日記本可以追溯，她幾乎記不得了。只知道自己很不快樂。如果那時候她沒有中斷寫日記，哀傷和憤恨的情緒有了一個適當的出口，內心可以得到沉澱後的平靜，會不會就可以避免這一場劍拔弩張的離婚呢？

她真的不知道。如今塵埃落定，也不需要知道了。

在這個世界上，有人向神父告解，而得到心中的平安。有人將生命的重負託給上帝，而感到輕鬆。而她內心的祕密，都藏在日記裡。日記，記載著她人生中的離合悲歡，那些歡喜的淚和哀傷的歌。

她在日記上寫生活的點滴，寫自己的心情，闔上日記本，恩恩怨怨都已經過去，眼前一片雲淡風輕，安閒自在，這的確是她真心想要的。

【原詞】

宋・范仲淹〈蘇幕遮・懷舊〉：

碧雲天，黃葉地。秋色連波，波上寒煙翠。山映斜陽天接水，芳草無情，更在斜陽外。

黯鄉魂，追旅思。夜夜除非，好夢留人睡。明月高樓休獨倚，酒入愁腸，化作相思淚。

碧藍的天空飄浮著白雲，黃葉落了一地。眼前是無邊秋色連著江波，波上寒煙凝碧。斜陽映照著山，雲天遙接著流水。萋萋芳草無情，遠遠伸到斜陽之外。

因思念家鄉而黯然消魂，羈旅的愁思更是糾纏不清。每到夜裡，總讓人難以成眠，除非有好夢可以留人睡去。明月照高樓時，請不要獨自憑欄眺望，把盞澆愁，酒入腸中，都化成了點點相思的淚。

【詞家】

范仲淹（九八九～一〇五二）

是北宋政治家、文學家、軍事家、教育家，文學素養極高，《宋史．范仲淹傳》裡說他「通六經、長於易」，所寫的〈岳陽樓記〉更有「先天下之憂而憂，後天下之樂而樂」名句千古流傳。

范仲淹留下來的詞不多，多是邊塞鄉關抒發個人悲涼懷抱之作，卻已大大突破了詞僅限於男女風月的界線，更為後來的蘇軾、辛棄疾開拓了詞豪放壯闊的境界格局。

學者陳弘治所著《唐宋詞名作賞析》一書指其詞「有『柔情』與『麗語』，也有『遒勁骨力』與『排蕩之勢』，實兼長婉約與豪放的兩種風格。」

學者王易《詞曲史》評：「至范仲淹，更不限於綺情，並兼氣勢揮灑、議論宏肆之長矣。其御街行、蘇幕遮，情語入妙；而一觀其漁家傲，則又極駘宕之致；剔銀燈，更議論慷慨，導蘇辛之先路矣。」

鑽戒

她終於有了一枚鑽戒，亮閃閃的。

有時候她都不好意思提，那鑽戒是她哭來的。

她跟丈夫結婚時，兩個人都年輕，也都沒有什麼錢，連個小鑽戒也買不起，懂事的她也沒有要求。

臺北的房價高，這是人盡皆知的事。結婚後不久，他們在近郊買了房，背著沉重的房貸，經濟仍然不寬裕，即使兩個人都有工作都在賺錢，還是要省省的用；後來又有了兒女，還有保母費、教育費的支出，都緊跟著來。

丈夫跟她說，每一年會跟她歡度一個節日。一月有她的生日，二月有西洋情人節，五月有母親節，以及大約八月時的農曆七夕情人節，他們的結婚紀念日則在年底。

一年裡，總有一個日子特別讓她感到歡喜。她覺得，心中有所期待，也是一種美。

有一年，也是他們結婚許久了以後，好像是在四月，丈夫說要買一枚鑽戒送給她。鑽戒啊。她心花怒放，忙著問：「什麼時候？」

「快了，下個月吧。」

她心想，五月？那不就是母親節嗎？

於是，她開始歡天喜地的等，癡癡的等。每次想到，她就忍不住微笑。

母親節到了，可是，沒見到鑽戒啊。她一個小時一個小時的等，直等到天都黑了，都快要睡了，鑽戒又在哪裡呢？莫非丈夫已經忘了？她忍不住小聲地問，不是要給鑽戒嗎？

丈夫引著她回憶過去，在什麼情境之下呢？又會是哪一天說的呢？抽絲剝繭。

竟然是四月一日的愚人節！

掩不住巨大的失落，她傷心的哭了起來。思前想後，她越委屈越哭。如滂沱的大雨，不可遏止。

心頭浮起的，是宋．張先在〈一叢花〉裡的：

不如桃杏，

猶解嫁東風。

自己竟然比不上一朵桃花或杏花，還懂得嫁給東風，可以隨著它自由的飛翔。有多麼的絕望啊！她一直是顧家的，信守婚約的，然而今天竟會落到這樣的局面？

難道丈夫以為他有權利戲弄她嗎？還是應該怪自己的愚笨，居然信以為真呢？看著妻子哭成這樣，或許他也知道自己的玩笑太過了，最後他好聲好氣的說：「改天，妳到熟悉的首飾店去選個喜歡的鑽戒吧。鑽戒就暫時放在店裡，我會去付錢，並且帶回。」

她因此有了一枚鑽戒，雖然過程有點兒曲折。

這亮閃閃的鑽戒，也的確是她哭來的。

【原詞】

宋·張先〈一叢花〉：

傷高懷遠幾時窮？無物似情濃。離愁正引千絲亂，更東陌，飛絮濛濛。嘶騎漸遙，征塵不斷，何處認郎蹤？

雙鴛池沼水溶溶，南北小橈通。梯橫畫閣黃昏後，又還是，斜月簾櫳。沉恨細思，不如桃杏，猶解嫁東風。

傷高懷遠幾時才有窮盡呢？沒有什麼事物能夠比感情還要濃烈。離愁萬縷一如柳絲在風中亂舞，更何況東邊的田野上，還瀰漫著濛濛的柳絮。馬聲漸遠，揚起了陣陣飛沙，可是何處有你的蹤影呢？

雙鴛池水一片幽靜，南北只有一條小船來往。黃昏後，扶梯空橫，畫閣又還是一樣的明月斜照到窗櫳。心中滿懷幽恨，在細細的思量之後，深以為自己竟然比不上一朵桃花或杏花，還懂得嫁給東風，可以隨著它自由的飛翔。

【詞家】

張先（九九〇～一〇七八）

字子野，詞以小令為主，詞風含蓄雅正，意象繁複，在詞的體制從小令向慢詞的過渡中，於北宋詞壇開風氣之先，與柳永齊名。

張先寫「眼前景，身邊事」，創造不少抒情寫景名句，提高詞的藝術品味。創作的慢詞，對慢詞的藝術發展產生影響。自此，詞與詩同樣具有表現創作者自我生活與心靈世界的功能。

明朝楊慎於《詞品》稱張先詞作〈繫裙腰〉「詞穠薄而意優柔，亦柳永之流也」。清末詞家陳廷焯云：「張子野詞，古今一大轉移也。前此則為晏歐、為溫韋，體段雖具，聲色未開；後此則為秦柳、為蘇辛、為美成白石，發揚蹈厲，氣局一新，而古意漸失。子野適得其中。」

《詞學通論》中引吳梅評價稱：「子野上結晏、歐之局，下開蘇秦之先，在北宋諸家中適得其平，有含蓄處，亦有發越處。但含蓄不似溫、韋，發越亦不似豪蘇膩柳。規模既正，氣格亦古，非諸家能及也。」

寧靜的力量

內心寧靜，才能穿透外在的種種繁雜，放下執著，減低阻力，更能有智慧的處理一切。

寧靜中，有著不可思議的力量。

有誰能在一團混亂中，還能冷靜思考，做出合宜的定奪呢？恐怕做出讓人悔恨的決定，機會更多一些。

世間的事物充滿了五光十色，讓人眼花撩亂。一不留神，我們的判斷就失準了。有太多的迷惑與追逐，令我們患得患失。就在那些高低起伏裡，我們的一顆心跟著上上下下，彷徨與沮喪，兼而有之。

這真的是我們要的嗎？我們快樂嗎？

然而，我們心中的欲望無窮，常使我們不能跳脫出各種繁雜與糾葛，於是我們陷溺在煩惱之中，無法自拔。我們冀望財富，更期待擁有好名聲；可是，當我們迷失在名利無盡的追求中，酸甜苦辣嘗盡，舉目四望，不見有岸。我們的心無處可以安住，到那時我們才明白，榮華富貴都只是過眼雲煙、夢幻泡影罷了。

我們開始從繁華中掙脫，有人走向山林，也有人大隱於市，目的都在反思自我，希望能保持內在的清明，以重拾寧靜。

經常，我在暗夜裡細思：

是誰允諾，我的人生必然永遠順遂、沒有波折？

是誰允諾，我的生命只有歌聲笑語、沒有眼淚？

既然不曾有誰為我做過這樣的允諾，那麼，我失敗，我受打擊，我的傷痛和流淚，也都屬於尋常，憑什麼，上天應該給我特別的照顧？

的確，我一樣要承受紅塵試煉，我一樣有哀哀無告的時刻。

仰望夜空，紛紜的心似乎也得到了撫慰，一如宋．張先在〈天仙子．送春〉中的名句：

雲破月來花弄影。

晚風吹開了雲層，露出了明亮的月色，花枝搖曳，舞弄著清影。

在夜風的吹拂下，雲開月出，映照著花枝的婆娑舞影，是這樣的賞心悅目。美，從來都具有療癒的效果。

為此，我提醒自己：不再自怨自艾，也不再因為遇到困難而沮喪。我平靜的接納一切，無論悲歡成敗。

我想：人活著，原本就要不斷的學習。在無數的挫折裡，得到了經驗；在暗夜的哭泣中，終於盼到了黎明的曙光。

是的，從來沒有誰允諾我此生一帆風順，我唯有努力活在當下，處處與人為善。在不斷的為別人服務和付出裡，我的人生才具有真正的意義和價值。

我謙卑的低下頭來，不論我遭逢什麼，一切都是上天的恩典。我要認真的迎向前去，讓生命發揮出它應有的光和熱，那麼，人世的這一遭，才顯得豐盈而不算虛度。

在寧靜裡，我看清楚了自己未來所要努力的方向，我跟自己說：「要勇敢，乘風破浪，一無畏懼。」只要肯付諸實踐，寧靜以致遠，相信就會有一個比較圓滿的結局在盡頭等待著。

寧靜，所產生的力量，超乎了我們的想像。

【原詞】

宋．張先〈天仙子．送春〉：

水調數聲持酒聽，午睡醒來愁未醒。送春春去幾時回？臨晚鏡，傷流景，往事後期空記省。

沙上並禽池上暝，雲破月來花弄影。重重簾幕密遮燈，風不定，人初靜，明日落紅應滿徑。

手裡拿著杯酒，細細聆聽〈水調〉樂曲，午睡起來，酒已醒而愁仍未醒。送走了春天，卻不知它幾時才能重回？天色已經漸晚，攬鏡自照，感傷年光如水般的流逝。回顧過去，往事已成空，瞻望未來，後期不定。

天色已暗，水鳥在沙上相並棲宿。晚風吹開了雲層，露出了明亮的月色，花枝搖曳，舞弄著清影。窗戶重重簾幕，嚴密擋風護燈。風陣陣吹來，人聲歸於寂靜，到明朝，凋落的紅花將鋪滿園中的小徑。

當年那樣的眼神

他是大學時我們班上的才子。

最近他打電話來跟我聊天，問我：「彭燕玉後來怎樣了？」我完全不知。只記得她曾經是我們班上的同學，可是，共處的時間並不長，一年吧？

聽他說起來，推測那一年，我們大二。

是的，她後來當修女去了。當時她曾跟我提過這件事，我火速的寫了一篇祝福的小文章，以為送行，也幸好刊登得很快，趕上她的離別。

她看了，眼眶一紅，眼淚就滾落下來，匆匆在紙上留了聯絡電話給我。

才雙十年華的我，年紀也太小了，人生的風浪要到很久以後才會出現。那時的我，在父母的呵護之下，風霜雨雪都在遙遠的他方，根本無從想像，哪裡知道生命中有些人在別離以後，就很難重相逢呢。

他說：「我還記得，當年她那樣的眼神好特別，我卻說不上來，而且她去的那家修女院，很嚴格，是不能外出的。」

「那麼，你的意思是，那樣的眼神有如永別？」我更驚訝的是，他如何還記得那麼久遠以前的一個眼神？

畢竟是才子，連話語也如詩。

好幾年以前，也曾經有人問過我：「彭燕玉有消息嗎？」別後多年，仍有人記得她，我想她當年的人緣是很不錯的。

於是，我開始想法子去追查，每天用不同的方式試探，查出了那家修女院的地址，可是都事隔四十多年了，她還在這裡嗎？如果不在，又去了哪兒呢？資料裡，沒有電話。思前想後，我給院長寫了一封限時信，請求幫忙。

一週以後，院長回了我的電話，她說：「我們這裡沒有這個人。依照時間上推算，應該是在老院長的時候，可是，我也問過了老院長，她也跟我說，並沒有這個人。」

「可是，她當時是說要到這家修女院的。」

「也有可能並沒有來。」

的確也是這樣。中間的曲折我們無法得知。

我說：「既然您跟老院長都這麼說，那麼，一定就是這樣了。我很誠懇的跟您說，謝謝。」

到目前，情形都陷入膠著。

我把這個消息，告知那兩位關心此事的老同學，真心希望峰迴路轉，有一天能有更好的訊息出現。

彭燕玉，別後這麼多年了，妳都還好嗎？

宋．晏殊的〈清平樂〉，有這樣的句子：

人面不知何處？

綠波依舊東流。

美麗的她，不知此刻人在何方？眼前只見綠波依舊不斷的向東奔流而去。

想來，心中的思念和愁緒也一如悠悠的流水，無有止時。

當年那樣的一個不捨的眼神，被我們班上的才子記憶至今，也才引發了四十多年以後如此的一場追索。雖然無功而返，然而，同學之間的情誼依舊讓我覺得十分溫馨。

【原詞】

宋．晏殊〈清平樂〉：

紅箋小字，說盡平生意。鴻雁在雲魚在水，惆悵此情難寄。

斜陽獨倚西樓，遙山恰對簾鉤。人面不知何處？綠波依舊東流。

紅色的信箋上密密的寫滿了小字，一心想要說盡此生相思的情意。鴻雁在雲間高飛，魚兒在水中浮游，我的一片深情卻難以遞送，心裡真有說不出的惆悵。

斜陽晚照，我獨自倚著西樓，遠山正對著閒掛的簾鉤。美麗的她，不知此刻人在何方？眼前只見綠波依舊不斷的向東奔流而去。

【詞家】

晏殊（九九一～一〇五五）

晏殊，字叔同。從小是神童，宋真宗曾在朝廷上召見他且當場考試，晏殊援筆立就，於是賜同進士出身。之後官場一路順遂，於宋仁宗時期官至宰相高位。宋朝名士范仲淹、孔道輔、韓琦、歐陽修等皆出其門。

由於仕途顯達，所以晏殊一生的藝術生活可以說是以詩酒所構成，《宋史．本傳》即說他：「文章贍麗，詩閒雅有情思。」詞受馮延巳影響很深，所流傳的《珠玉詞》大多是佳會宴遊之餘的吟詠，並未擺脫五代婉麗詞風的窠臼。晏殊的詞最可取的是語句造詞的工麗，許多名句雖然都是經過刻意構思，卻又十分自然，讀來含情淒婉，音調和諧。南宋王灼《碧雞漫志》說：「晏元獻公長短句，風流蘊藉，一時莫及，而溫潤秀潔，亦無其比。」清朝《四庫提要》則提及：「殊賦性剛峻，而語特婉麗。」

人生如戲

有人說：「人生如夢。」有時候，我卻覺得：「人生不也如戲？」

尤其是，每當我想到朋友曲折的一生，有多少傷痛伴隨，我有多麼的不忍。如果說，上天自有安排，那麼，天意又在何處？

她結婚了，婚後育有一女。

不久，她發現丈夫外遇，在外頭也生了一個孩子。

這簡直是欺騙。人前一套，人後又一套。她何只是恨，簡直是鄙薄其人。良人不良，不要也罷。她開口要求離婚，這個婚姻僅僅維持了五年。由於是她所提出，只要離得了就好，她沒有要求贍養費，孤身一人，帶著孩子離開，從此咬緊牙關，自力更生。

她認真工作，撫養小孩，幸好有一技在身，能力也不差。或許上天也是疼惜她的吧？長官、同事都待她好，也幫了她許多忙。閒暇的時候，她閱讀，除了專業的部分，她也讀小說、散文，甚至包括藝術、心靈、療癒的作品。書本給了她很多的安慰，書中的智慧也給了她許多啟發。在這個世界上，她或許不幸，卻也未必是最不幸的。她的擔子沉重，可是，別人的也未必輕省。閱讀，她覺得，那是她今生最好的陪伴。

有誰想得到呢？好不容易逐漸拉拔長大的女兒，居然會在十八歲時得了肝癌，發現時已經蔓延，群醫束手。愛看書的孩子要求放棄最後的救治，回家，一個月以後離世。

考驗慘酷，或許上天另有旨意吧？是希望她能放下執著，接受所有紅塵的試煉？生離死別，最是苦。

有一天，她在書上讀到宋・晏殊在〈踏莎行〉裡有這樣的文字：

無窮無盡是離愁，

天涯地角尋思遍。

人世間最無窮無盡的便是別離愁緒，它讓我的思念一直追尋著你，走遍天之涯、地之角。

別愁離恨都是苦，可是，又有誰能逃躲得了呢？

如今她一個人過日子，倒也清閒。是非不到，只是讀書。她還到社大修課，也認識一些同學和老師。即使她的內心已然斑剝暗淡，讀書，卻讓她的心靈得到提升，逐漸活得開朗起來。

她的人生，不能說沒有曲折，竟也有如一齣戲。

【原詞】

宋・晏殊〈踏莎行〉：

祖席離歌，長亭別宴，香塵已隔猶回面。居人匹馬映林嘶，行人去棹依波轉。

畫閣魂消，高樓目斷，斜陽只送平波遠。無窮無盡是離愁，天涯地角尋思遍。

長亭中，餞別的宴席裡，悲傷的離歌聲還在耳際，飛揚的塵土已經阻隔了視線，我仍然頻頻回顧，無限留戀。跨上馬背，孤單的馬兒在樹林的掩映中哀哀嘶鳴；遠行的你坐著小船，時而隨水波迴轉，最終漸漸離去。

登上雕飾華美的高樓，我黯然神傷，極目眺望，只見斜陽伴著平靜的水波緩緩流向遠方。人世間最無窮無盡的便是離別的愁緒，它讓我的思念一直追尋著你，走遍天之涯、地之角。

一念之間

一念之間，常帶來天差地別。甚至可斷生死。

我其實是很不贊成走上自絕之路的。既然有勇氣去死，為什麼沒有勇氣求生呢？在我的心裡，死，是絕滅，再也沒有任何挽回的餘地了。

她的故事，如此真實，也如此讓人神傷；幸好，所有的困厄已經逐漸遠去，如今是漸入佳境了。

丈夫是她大學時的同班同學。她安靜而乖巧，喜歡她的男生很多。據丈夫說，他也是其中之一，只是按兵不動。為什麼不採取行動呢？難道是膽小鬼嗎？丈夫卻說：「根本就擠不進那擁擠的人群之中。」這話有幾分誇大，卻也讓人聽來開心。

既然大學時沒有什麼交集，後來又為何結婚了呢？也許，姻緣也是天意吧。

她先工作，後來丈夫也進了同一家公司，近水樓臺，終於得了月。

丈夫哪裡肯久居人下？婚後不久，就自己開了公司。她心存觀望，至少有一份工作安穩，也是好的。可是丈夫老是喊說忙不過來，慫恿她快一點離職，好過來幫忙，還說什麼「夫妻同心，其利斷金」。她乖，也就沒有異議的跟著。夫唱婦隨，不也是天經地義的嗎？

他們有一雙兒女。

她很累，事情多，還要裡外一把抓，又哪裡是容易的呢？隨著事業的發展，丈夫的交際應酬越來越多，在家的時間也越來越少。

幾年以後，驚爆丈夫和會計小姐有私情。

當紙包不住火時，也讓他們的婚姻岌岌可危。

她跟我說：「那時候，我想不開，曾經打算自殺。只是想到遺下的孩子，都還幼小，誰能照顧呢？也就在那一念之間，我回了頭。」

也因為她的執意不肯簽字，保住了婚姻。起初有名無實，到後來，那會計小姐離去，丈夫回來，家終於團圓了。

還是有磨合期，雙方願意各讓一步，也讓情形變得容易一些。

幸好啊，現在兩個孩子都大了。老大做事，老二讀研究所。她肩上的擔子輕省了許多。

「有一雙好兒女，上進又懂得孝順，妳這一生也很值得安慰了。有多少人還求不到呢。」

她點點頭。

至於，那個外遇對象，原本還是個年輕未婚的女子，多年下來，一無所獲，而如花的年華卻隨著老去。

我說：「細想來，那女子也很吃虧，不明不白的跟他，也沒有什麼好結果。」

記起宋．晏殊在〈木蘭花〉中所寫：

無情不似多情苦，

一寸還成千萬縷。

無情總沒有多情這般的痛苦，一寸相思，化成了心中的萬千愁緒。

韶華已遠，她卻歷經了人間多少事！悲歡離合，都成了心中的一首歌，夜深人靜的時候，孤單的唱給自己聽。

真該慶幸當年她的自殺沒有切實執行，苦根結甜果，如今孩子都大了，總算苦盡甘來。現在，她可以比較輕鬆的過日子，孩子們都懂事貼心，未來的歲月只有更加的順遂和美好。

上天還是疼惜她的。

【原詞】

宋．晏殊〈木蘭花〉：

綠楊芳草長亭路，年少拋人容易去。樓頭殘夢五更鐘，花底離愁三月雨。

無情不似多情苦，一寸還成千萬縷。天涯地角有窮時，只有相思無盡處。

楊柳依依，芳草萋萋，當年的長亭別後，年少的光陰，早已一去不復返了。儘管殘夢依稀，在高樓上，聽見鐘敲五更，三月的雨滴點點，花兒更添了憔悴，離愁正瀰漫一片。

無情總沒有多情這般的痛苦，一寸相思，化成了心中的萬千愁緒。即使天涯地角相距遙遠，畢竟還有個邊際，然而，只有相思卻永遠見不到盡頭。

那一抹雨後斜陽

秋日雨後，空氣中微帶著清涼，她心中突然浮起一個名字。很久不見了，恐怕都有二十多年了吧？不知那人後來如何了？應該結婚了吧？事業想必飛黃騰達。實在是失聯太久了。

認識他，是因為那時候他在追她的好朋友，都已經論及婚嫁了，卻驚爆女方琵琶別抱。偏偏就在那時候，他正要啟程前往國外攻讀博士學位。

好朋友有許多說詞，例如，這男子的外貌欠佳、脾氣不好等等，聽起來卻像是藉口。她一點都不明白，這麼聰明、優秀、人品不差的男士，怎麼卻未能勝出呢？好朋友是如何想的？至於另外那個男子，在她看來，是斯文一些，在中學教書，學歷資歷也不過爾爾。

或許，愛情也沒有什麼道理。

最後他黯然出國讀書，曾經企圖挽回的婚事，也只是徒然。學成回國後，他再度找上她幫忙，希望還有復合的機會。這個說客不好當，她還是勉力為之。好朋友沉默不語，此事終究作罷。

如果注定了此生無緣，所有的努力也只是一場空。一如宋．司馬光的〈西江月．佳人〉中所寫的：

相見爭如不見，
多情何似無情。

見了面反而更添相思，還不如不見的好。人還是無情的好，無情就不會為情所苦。

然而，她終究不忍說出口。

他學成歸來的第一個工作是進入了某知名的國營機構，這是她所知道的關於他的最後訊息。

她上網去查，這麼一個出色的男子是不可能沒有表現的。果然，在跳出的大筆資料裡，男子早已成為某知名公司的董事長，得意於科技界。十年前才結婚，有一點晚，那時都四十歲了吧？婚後育有一女。有照片，有採訪，讓人很篤定的確認是他。果真超優，今日的功成名就，一點也不讓人覺得意外。

她還是很高興的，覺得自己一點也沒有錯看。當時的青年才俊如今早已身負重任，呼風喚雨。

至於她的好朋友，的確嫁給了當年的第三者。婚後才發現他有暴力傾向，生有一雙兒女，老二是兒子，有一點發展遲緩，必須陪同就醫，加以訓練後，逐漸有了改進。丈夫也當上了校長，可是婚姻關係還是維持不了，後來雙方協議分手。

人生無法回頭，最初的決定，是必須承擔後果的。從此，橋歸橋，路歸路，雙方走在各自的人生旅程上，以後只怕是越來越分歧了。該怎麼說呢？其實是無話可說的。

和命運交手，一招錯，步步錯，怎奈「起手無回大丈夫」！

在雨後的黃昏，美麗的彩虹就在眼前，她居然無心欣賞。或許是因為知道這個消息，她心中悲喜交集，竟然有著幾分的惆悵。

她就坐在前庭的斜陽裡，思索著今生的種種緣會，莫非每個人都只是上天的一個棋子？

【原詞】

宋．司馬光〈西江月．佳人〉

寶髻鬆鬆挽就，鉛華淡淡妝成。青煙翠霧罩輕盈，飛絮游絲無定。

相見爭如不見，多情何似無情。笙歌散後酒初醒，深院月明人靜。

鬆鬆的綰就了寶髻，也淡淡的化了妝。青煙翠霧籠罩了輕盈的身影，就像飛絮和游絲一樣，不知飄向了何方。

見了面反而更添相思，還不如不見的好。人還是無情的好，無情就不會為情所苦。

此時笙歌散去，酒後初醒，只見深深的院落裡，月亮明潔，人兒安靜。

【詞家】

司馬光（一〇一九～一〇八六）

字君實，號迂叟，陝州夏縣涑水鄉人，世稱涑水先生。為北宋政治家、文學家與史學家，編纂了中國歷史上第一部編年體通史《資治通鑑》。其為人溫良謙恭、剛正不阿，受人景仰。

詞作傳世甚少，《全宋詞》只收錄〈阮郎歸〉、〈西江月〉、〈錦堂春〉三首，其詞不加矯飾，直抒胸臆。

司馬光以畢生心力編纂《資治通鑑》，清代學者王鳴盛說：「此天地間必不可無之書，亦學者必不可不讀之書。」

相逢如夢

走在人生路上，我們必須通過種種試煉，才能走向坦途。由於試煉多，我們從其中所學習的也多。

每個人所要經歷的試煉都未必相同，卻各有各的艱難。

最近，我跟高中時的好朋友聯絡上了，打從高中畢業以後，我們就失聯了。

我北上讀大學，她則讀了臺南的成大，各自忙碌，無暇他顧，一別竟然有四十多年了。

時光，像一條奔流不息的大河。歲月，你的名字是滄桑。

有一天深夜，我突然想起她，不知道她的近況如何？人又在何處？我還記得我曾去她家玩，見過她和氣的母親和優秀的哥哥，臨走時，她還送了我一箱龍眼，想來那應該是個暑假……

第二天我立刻上臉書察看，的確有這樣的一個名字，住過臺南，目前定居高雄。資料很少，也沒有照片，可是，在直覺上，我認定就是她了。畢竟她的姓比較特別，又同名的機率也並不太高。

果然，她的反應非常熱烈，立刻給了我家裡的電話和她的手機號碼，誠意滿滿。也許，在那清純的年月，我們都曾進駐在彼此的心中吧。

她說：「高中時，妳的聲音好小好小，幾乎聽不到。現在好多了。」好像當年我的聲音就像蚊子叫一樣。真的嗎？我很驚奇。

我自嘲的說：「哈哈，教書多年，成就了大嗓門。」……

她很快的飛奔而來，不畏炎夏之苦，這樣的熱情讓我覺得溫暖。

談別後，憶從前，有多少歡喜的淚和哀傷的歌。

想別後各有甘苦，人生的試煉，有誰逃躲得了？而此刻的重逢，多麼讓人心生歡喜。

彷彿是宋・晏幾道〈鷓鴣天〉中所寫：

今宵賸把銀釭照，

猶恐相逢是夢中。

今夜我舉起銀製的燈盞照了又照，就怕相逢只是在夢中。

她比往日白皙了許多，也變得更聰慧而且能幹，置產投資成果豐碩，兒女都已長大，治家井然有序，真像是「千手觀音」呢。相形之下，我還是呆呆的，什麼都不會，長進不多。

想到在人生的漫漫長途裡，充滿了很多艱辛，可是，我們沒有經歷戰亂，不曾輾轉溝壑，還能在安定的環境中讀書、工作，我以為上天已經待我們十分寬厚了。哪裡還能奢求更多？知足，所以常樂。我總是這樣提醒自己。

還是要勇敢前行，不輕言退卻。

她特地帶來當年的畢業紀念冊，並且留下來供我查閱。想到她也曾在這個寶島上歷經多次的遷移，卻還依舊存有這本紀念冊，該也是個深情念舊的人了。我打開來，看著那一張張清秀的臉龐，青春正無敵，如今她們都在何方呢？是不是也都過得好呢？

曾經有過的南女歲月，接受知識的洗禮和師長的教誨與疼愛，距離今天何其遙遠。此刻想來，恍如夢寐。

真像一陣風，她來過，也回去了。在我，竟有如一場夢般的不真實，不太相信她曾真的出現在我的眼前。

好朋友，歡迎有機會再來說說話。

【原詞】

宋．晏幾道〈鷓鴣天〉：

彩袖殷勤捧玉鍾，當年拚卻醉顏紅。舞低楊柳樓心月，歌盡桃花扇底風。

從別後，憶相逢，幾回魂夢與君同。今宵賸把銀釭照，猶恐相逢是夢中。

你穿起彩衣，深情的捧著玉杯，想當年即使喝醉，兩頰緋紅，也是甘願。舞姿連月兒也被吸引到楊柳樓中，歌聲則透過桃花扇底，散入風中。

自從別離以後，常希望能夠再相見，幾次做夢也和你同在一起。今夜我舉起銀製的燈盞照了又照，就怕相逢只是在夢中。

【詞家】

晏幾道（一〇三〇～一一〇六）

字叔原，號小山，是晏殊的幼子。晏幾道秉性耿直豪邁、不拘小節。小時生活在榮華富貴裡，中年時家道中落，一生仕途失意，以致淪落到貧困潦倒的地步。

晏幾道的創作多為令詞，詞風近於其父，多寫四時景物、男女愛情，學者陳弘治《唐宋詞名作析評》中即論述：「晏幾道的詞可分為兩類：一類為對歌女懷念的詞，一類為自傷淪落的詞；前者富貴風流，後者沉鬱悲涼；前者雖做豔詞，但雍容大度，華而不俗，絕不流於輕褻卑下，故黃庭堅稱之為『狎邪之大雅』（《小山詞》序），後者對往事的追憶，自不免流露出哀怨淒楚之感，故馮煦稱之為『古之傷心人』（《宋六十一家詞選例言》）。」

綜論晏幾道的詞，語言清麗，情感真摯。相較於晏殊，更工於言情，直率深切，感動人心，詞風較為沉鬱悲涼，後人給予相當高的藝術評價。有《小山詞》詞集傳世。

別

二〇一四年的三月十四日一早，我就在臉書上看到了姚宜瑛阿姨辭世的消息。享壽八十七，即使是高齡辭世，我的心裡依舊覺得感傷。

她的書寫得好極了，《春來》寫奉迎母親來臺，母女相處的至情至性，讓人感動落淚。《十六棵玫瑰》記人敘事，溫婉中有真情，多麼扣人心弦。是一個令人心生景仰的作家。她連長篇小說都寫得很好，我讀過她的《明日的陽光》，的確擁有一枝多麼好的彩筆！世人都知道她創辦了大地出版社而有名，卻未必知曉她有好筆生花。

大約是一九八二年吧，旅法作家張寧靜來臺，出版社因此邀約吃飯。那日臺北大雨不止，我則因罹患重感冒不敢出門。好朋友去了，開心不已，見到文壇夜空上許多閃耀的星辰，還聽聞了王大空的妙語如珠……當然姚宜瑛阿姨也在場。那時候大地出版社的聲勢如日中天，出書者皆屬名家，如思果、唐魯孫等人。據說，彼時，「大地」從簽約到出書要等五年。我們都很驚歎：如何能預測五年以後的市場呢？畢竟那是一個文學備受尊重的年代，「大地」是出版界閃耀的金字招牌。

二〇〇五年，我們幾個朋友曾約了她一起吃飯聊天。她是一個優雅的人，說話委婉，然而，心中自有定見。其實是很能幹，卻又行止有節。有趣的是，我的一個朋友居然把聚餐的時間給記錯了，久等不來，我們跟他電話聯絡，他問：「我還可以去嗎？」我說：「你快來吧，就等你一個人了。」他果然驅車急馳，前來與會。晚輩遲到，其實是很失禮的，她卻大度能容，不以為忤。

席間說的都是生活尋常事，卻更能看出她的溫煦和聰慧，也談文壇二三事，多半都是彼此相熟的人。那年九月，我即將出版一本少年讀物《小小茉莉》，她很有興趣，囑咐我，出書時也寄一本給她，她想知道現在的少年朋友都在想些什麼……

姚阿姨還說，算命的說，她從來都住大房子，也的確如此，無論在大陸或臺灣。

而我們何其幸運，能讀她的書，包括她所寫的和出版的，曾見過她的人，聆聽她的言語，如此雅潔，又如此溫暖。

她以高齡辭世，其實是不應感傷的。我心頭浮起宋．晏幾道在〈生查子〉中所寫的：

真箇別離難，
不似相逢好。

現在真能體會出別離時的難過了，總不如相逢時的歡喜。

姚阿姨，請一路好走。

【原詞】

宋．晏幾道〈生查子〉：

關山魂夢長，塞雁音書少。兩鬢可憐青，只為相思老。
歸傍碧紗窗，說與人人道：真箇別離難，不似相逢好。

關山遙遠，只怕連做夢也難以去到，雁兒從遠遠的北方飛來，但也不曾帶來多少音信。可憐那些原本黑青的秀髮，由於思念的折磨，逐漸的變斑白了。

他回來的時候，一定倚在輕紗的窗帘下，我要告訴他說：現在真能體會出別離時的難過了，總不如相逢時的歡喜。

只是一簾幽夢

她是我小時候的鄰居顧姊姊。

我們後來搬家了，顧家則仍然住在那個小村莊。搬家時，我已經讀大學了。顧姊姊則早就畢業，在鎮上的自來水公司上班，是一份有保障的工作。顧姊姊不只漂亮，而且待人溫柔親切，據我所知，喜歡她的人不在少數。

三十年過去了，我也逐漸走到了中年。最近和年少時候的朋友聯絡上了，他們仍住在當年的村莊。彼此都經歷過歲月的滄桑，再相見時，塵滿面，鬢如霜。

談起顧姊姊，顧家兩老早已辭世，手足各自成家立業，有的遠在臺北，有的漂洋過海。顧姊姊也已經退休，搬到鎮上自買的住宅居住，依然未婚。

我不太相信：「小時候，我看她很美呢。」

「姻緣事，也難說。」這倒也是真的。

朋友說，顧姊姊和她的長官不明不白，可是對方早有家庭，看來也不可能離婚娶她。純樸的小鎮上哪裡藏得住什麼祕密？早就傳得沸沸揚揚了。

顧姊姊真是委屈了。

也算是一場孽緣吧，可是什麼時候才會是盡頭呢？難道，就這樣一輩子嗎？掩掩藏藏，不見天日的感情，又為什麼不能割捨呢？

只怪她善良。

年輕時或許懵懂，然而感情一經陷入，自拔豈是容易？那個男人難道不自私嗎？何嘗為她著想過？就這樣拖著她，拖過了如花的歲月，也拖老了年華，讓她沒有機會，也讓她無法重新開始。如果這樣下去，誰都看得到，屬於顧姊姊的最終，恐怕還是孤單的一個人。

這樣一個男人，有妻子，有兒女，而她終究孑然一身，無所依傍。哪裡是公平的呢？然而，在感情的天平上，只怕從來沒有「公平」二字。

如今的顧姊姊又是怎麼想的呢？會不會也有一種悲秋的心緒？有一天，會不會也像宋・孫洙筆下的〈何滿子・秋怨〉：

惆悵舊歡如夢，
覺來無處追尋。

最是讓人惆悵的是，舊歡已成夢幻，一覺醒來，再也無處追尋。

這到底是她的個性使然？還是命運的作弄呢？

如果她離得開這個男人，憑她溫和善良的好脾氣，不差的容貌，相信還是會有人看見她的「好」，可以擁有屬於自己的家庭，正大光明的走在陽光底下。

可是，我們現在說這些，會不會都有些遲了呢？

然而，倘若當事人沒有自覺，無法果斷走出自己的路，另闢蹊徑，只想因循苟且，像鴕鳥一樣的把頭埋進沙裡，看不見敵人，就安慰自己說敵人根本不存在。如果執意如此，旁人再著急，依舊全屬白搭，毫無進展可言。

每個人都有權利決定自己的未來，人生，是要自己負責的。

她要的真的是一簾幽夢嗎？只是這樣，不怕醒來時，發現全是一場空？

【原詞】

宋．孫洙〈何滿子．秋怨〉

悵望浮生急景，淒涼寶瑟餘音。楚客多情偏怨別，碧山遠水登臨。目送連天衰草，夜闌幾處疏砧。

黃葉無風自落，秋雲不雨長陰。天若有情天亦老，搖搖幽恨難禁。惆悵舊歡如夢，覺來無處追尋。

悵望浮生光陰有如一瞬，何況在此時聽聞寶瑟淒涼的餘音裊裊。楚客總多情，登臨遙望遠山綠水，對遠別尤易引發傷懷。白日送行，眼前都是連天的枯草，夜闌人靜時，只聽到遠處傳來擣衣的砧聲。

不見有風，而黃葉飄然自落，縱使無雨，而秋雲籠罩長陰。天若有情，也會因悲愁而老，心神搖盪，幽恨難以承擔。最是讓人惆悵的是，舊歡已成夢幻，一覺醒來，再也無處追尋。

【詞家】

孫洙（一〇三一～一〇七九）

字巨源，廣陵（今江蘇揚州）人。北宋時期為官，曾經進策五十篇評論時政，被韓琦讚譽為「今之賈誼」。

皇祐元年（一〇四九）進士，授秀州法曹。遷集賢校理、知太常禮院，兼史館檢討、同知諫院。熙寧四年（一〇七一），出知海州，元豐中官至翰林學士。元豐二年卒，年四十九。《宋史》、《東都事略》有傳。

博學多才，詞作文風典雅，有西漢之風。著有《孫賢良集》，已佚。《全宋詞》錄其詞二首。

不安的靈魂

朋友打電話來跟我說，你已經服毒身亡了。

我聽了，一整天的情緒都很低落。怎麼會這樣呢？為什麼讓一切都無可挽回了？到底你遇到了怎樣的困境，再也走不出來，而選擇全然的放棄？

幾天後，我把這個消息告訴了當年你國中的導師。那年她教你英語，我教國文。

怎麼會這樣？對於如此的不幸，我們都很唏噓。

你的導師說，她覺得，你一直有著不安的靈魂。

也有人認為，是你的母親太寵你，把你給寵壞了。

你跟母親的感情很好，父親的工作太忙，常顧不得你。國小時，你莽撞、違規，頑皮之名遠播。進了國中，課堂上，我覺得你大致上都還不錯，或許國文不算難，也或許我對你好，你在我面前都還中規中矩。

國中畢業以後，你繼續升學了嗎？那時候，你們全家搬到高雄。往後的發展，我並不是那麼清楚，有人說你游手好閒，也有人說你竟然吃檳榔……我曾經在車站遇過你一次，你特地跑來跟我打招呼，頗為熱情有禮。至於近況如何？在匆忙的來去裡，我們並未談及。

再後來，我調回臺北教書。一轉眼，都二十多年了。

前些年，聽說你的母親辭世，她把所有的財產都留給了你，卻也聽說你一直都沒有工作。我以為工作的意義，不只在養活自己，也讓起居正常，生活有規律。因著工作，我們有同事有朋友，還有許多學習的機會，可以讓我們懂得更多，變得更好。我其實很希望你有一份正當職業。

你的母親走後，你恐怕更加孤單吧。傷心的，還有你的父親，折翼之痛，想必也讓他消沉了許久。如果療傷止痛，連自顧都不暇，恐怕一時之間也無法照顧到你的心情。也或許，是父親認為你早已長大，應該自立自強，卻不知母親的去世，讓你的世界開始崩毀。

會不會也是在那以後，更加讓你覺得內心孤獨無依？

想起宋．蘇軾在〈定風波〉中的最後一句：

此心安處是吾鄉。

能使此心安住的地方，就是我的故鄉。

這麼說來，在你內心的世界裡也一直是飄泊不定的。真的是這樣嗎？

母親在，她是潤滑劑，你和父親的關係還不至於太過隔閡。一旦母親不在了，父子的相處，不免漸行漸遠。

你心中的結難以解開，那麼，誰會是那個能開導你的人呢？

有一天，竟成了大患。

一根草，都能壓死了駱駝。你是有走不過的關卡，讓你選擇結束自己的生命嗎？如果是這樣，你也太不勇敢了。

安住的靈魂，背後是更多的愛。可惜，在母親遠逝後，跟父親的疏離日益嚴重，讓你不快樂的活著。

縱使母親給予的遺產再多，可嘆那些錢財不會說話，不能給你安慰，你終究還是選擇徹底遠離，對塵世不再有絲毫留戀。

卻把哀傷留給了我們。

【原詞】

宋·蘇軾〈定風波〉：

常羨人間琢玉郎，天應乞與點酥娘。自作清歌傳皓齒，風起，雲飛炎海變清涼。萬里歸來年愈少，微笑，笑時猶帶嶺梅香。試問嶺南應不好？卻道，此心安處是吾鄉。

常羨慕人世間姿容清俊的兒郎，上天都會應允乞求把他許配給肌膚滑膩如酥的美女。自己創作清亮的歌曲，讓美女皓齒加以傳唱。舞姿輕妙，如風起雲飛，即使處在南蠻暑氣中的人們也會感到清涼。

從萬里遠的地方歸來，更顯得年輕。微笑著，笑時彷彿仍散發出嶺南梅花獨有的芬芳。我試著探問：「嶺南難道不好嗎？」她卻回答說：「能使此心安住的地方，就是我的故鄉。」

【詞家】

蘇軾（一〇三七～一一〇一）

字子瞻，號東坡居士。是北宋的文壇領袖，也是全方位作家，為唐宋八大家之一。散文、詩、詞、書、畫等成就都很高，有詞集《東坡樂府》傳世。

蘇軾是文學的革新主將，他對詞的貢獻，超越了所有前人，不僅打破了原有的狹隘藩籬，更開闊了寬廣意境，舉凡懷古傷今、詠史詠物、說理談禪、書懷言志、農村風光、抒情敘事等等，均推翻了晚唐、五代以來詞為「豔科」的舊框架，擴大了詞的題材，也提高了詞的境界，可說是達到了劉熙載在《藝概》中所說的「無意不可入，無事不可言」的境地，且兼具了豪放與婉約的風格。

蘇詞對詞的發展深具影響，清《四庫提要》中說：「詞自晚唐五代以來，以清切婉麗為宗。至柳永而一變，如詩家之有白居易；至軾而又一變，如詩家之有韓愈，遂開南宋辛棄疾一派。」

人世幾回傷往事

她身上有惡性腫瘤，手術治療後，原本都控制得不錯，沒有想到突然病情急轉直下。

說突然，那是外界的看法，其實是有蛛絲馬跡可尋的。

丈夫老是外出唱歌，不可能獨唱，也不可能次次單槍匹馬前往，總有同好相約。不多久，外界就已多有傳言了。她有點兒難過，卻未必太傷心。也許，自己的身體不好，遲早就會先行離去，留下他形單影隻，多少心中有些不忍。若有人願意照顧他，也是好的。只是他的脾氣壞成那樣，聽到風來就是雨，希望會有女子忍受得了這些。

真正讓她放不下的是兒子。也許丈夫的脾氣不好，也讓她和兒子之間的凝聚力因此更為增強。可是火爆的丈夫，性子一起就大呼小叫，人在盛怒之中哪會有什麼好話？有一次，因瑣碎事和兒子起了爭執，一言不合，不容分說，竟逼著兒子即刻搬出。她對自己的無力護衛至親骨肉，幾年來一直耿耿於懷；還好那時候兒子大了，已在工作，有足夠的經濟能力獨自在外頭居住生活。雖然說，由於父子雙方保持了距離，親子關係稍有好轉，裂痕逐漸得到修補，可是，內心能完全沒有疙瘩嗎？只是，大家都盡力的粉飾太平，盡量小心不再碰觸傷口。態度呢？有禮貌，卻也敬而遠之。

大家還是一團和氣，只是都在表面上。

後來，是她得了癌症，一經發現，已是癌末。醫生一再追問她的情緒管理，她什麼也沒有說。事到如今，還需要說什麼呢？任何的言語，不也都是多餘的嗎？

丈夫卻在這個時候開口表示，他的年歲已大，無法親自照顧她。

於是，請了外傭，飲食起居由外傭打理，丈夫仍然每天外出唱歌，天黑了才回來。

她沒有說話，然後開始進出醫院。兒子下班後，總會前來探望，眼裡隱約有焦灼哀傷之色。彼此的心裡都明白，天人永別之日不遠，相聚的時光寸寸減短。

丈夫還是去唱他的歌。唱歌，是他生活的重心，不可一日或缺。

她靜默無言。丈夫啊丈夫，一丈之內才是你夫。既然他選擇遠遠的逃離，那麼，就是這樣了。

她一直十分美麗，當年丈夫窮追不捨，打死不退，果然纏功了得，她一畢業就結婚。也不是沒有甜蜜的日子，只要他不抓狂，一切都好說。歲月不能重來，如今她深切的領會到：一個人如果不能控制自己的脾氣，其實也是一種不成熟。與不成熟的人共度一生，其間總有太多委屈的淚水。

希望將來兒子有幸能遇到一個溫柔懂事的女子，快樂的共度此生，可惜她是看不到了，然而，這是一個母親最後的祝福。

在悠悠忽忽之間，心頭浮起的是宋．蘇軾的〈定風波〉：

回首向來蕭瑟處，
歸去，也無風雨也無晴。

回頭看看剛才走過風雨交加的地方，唉，回去吧，既無所謂風雨，也無所謂天晴。所有世俗的牽掛，都該放下。放不下？也只有苦了自己。前塵往事都成煙雲，帶不走的，就忘記吧。無所記掛，才能雲淡風輕。她真心盼望一切都能如此。

她疲憊的閉上了眼睛，從此不曾醒來。

【原詞】

宋．蘇軾〈定風波〉

莫聽穿林打葉聲，何妨吟嘯且徐行。竹杖芒草輕勝馬，誰怕！一簑煙雨任平生。料峭春寒吹酒醒，微冷，山頭斜照卻相迎。回首向來蕭瑟處，歸去，也無風雨也無晴。

別去聽那穿透林間、打在樹葉上的風雨聲音，不妨一邊長嘯、歌吟，一邊從容的趕路。手拄著竹杖，腳穿草鞋，輕快更勝過騎馬呢。還有什麼好害怕的！任憑它風吹雨打，我願披著簑衣度過此生。

微寒的春風吹醒了我的酒意，感覺有些許的涼意襲來，山頭上夕陽的餘暉，卻趕著來迎接我。回頭看看剛才風雨交加的地方，回去吧，既無所謂風雨，也無所謂天晴。

記得蘿蔔乾

你也愛吃蘿蔔乾嗎？

市面上賣的蘿蔔乾，好吃的不多，但也有古早味的，益發讓人懷念起童年時家家自曬的蘿蔔乾了。

蘿蔔乾是尋常家庭醃製的菜乾，宜素宜葷，好吃極了。

蘿蔔的盛產期在每年的冬天，那也是做蘿蔔乾的好時節。

也或許，那時候的生活儉樸，所得不豐，家庭主婦常有各種因應之道，好幫忙養活一家多口。

童年時，我們住在高雄，南臺灣的陽光大好，最適合來做蘿蔔乾了。

進入十二月了，白白胖胖的蘿蔔也紛紛開始登上了市場，媽媽得經常跟菜販打聽，何時盛產？盛產時價錢便宜、品質也好，大約是在年底，媽媽常買來一整臺發財車的白胖蘿蔔，好做我們愛吃的蘿蔔乾。若你懷疑：如此量多，吃得完嗎？這你可就多慮了。

先得一條條洗淨，要視每條蘿蔔的大小肥厚剖成二、四或六長條，逐一抹鹽，然後鋪在長形大木板上，一一排好蘿蔔條，就在大太陽底下曝曬，一段時間後要記得翻面，直等到太陽下山後，全都收在一個大浴盆裡，灑上鹽。小妹那時才五、六歲，洗淨雙足，站上去，來回踩，直到媽媽說「可以了」，才停止。如此周而復始，十天半個月或更久以後，蘿蔔的水分已失，變得苗條瘦長了許多，顏色也逐漸轉為褐色，於是就緊密的放在甕中壓實，可以經久不壞。不論是炒蛋，燒肉，加上切碎的蘿蔔乾，都另有風味。待我們長大了，蘿蔔乾或炒蛋或燒肉，竟然成了我們記憶深處，念念不忘的「媽媽的味道」呢。若是旅居在國外，更成了難以取代的「鄉愁」。

小妹後來定居美國，手足間的相見不易，偶爾她回臺灣，我們總要一起吃飯敘舊，談談童年往事。我們也經常提起小時候的蘿蔔乾，開玩笑的說：「小妹功在我們家，就是幫忙踩踏了好多年的蘿蔔，蘿蔔乾才能大功告成。」小妹也頗為沾沾自喜。

我還記得，她當年肥嫩的小胖腿，總是在黃昏時候，在大浴盆裡認真的踩踏著，十分乖巧的模樣。

如今爸媽都已在天上，無法參與我們的聊天了。

我常想，他們若能知道今日所有的兒女依舊堂堂正正的做人做事，都能相互扶持、彼此友愛，一定也覺得滿心安慰吧。

我還記得那些年隨著爸爸職位的升遷，應酬日多，或許他也不喜歡這樣吧？

宋，蘇軾〈臨江仙〉中有：

長恨此身非我有，
何時忘卻營營？

總是抱怨身不由己，什麼時候才能忘卻所有的煩惱呢？

幸好溫馨的家是爸爸強而有力的後盾，也畢竟酬酢場合中大魚大肉的油膩，是無法日日吃的，他在家時，反而都吃得很簡單，經常要媽媽炒個「菜脯蛋」就好，菜脯就是蘿蔔乾。

我們對蘿蔔乾的懷想，其實也是對雙親無盡的思念。謝謝他們的教導和疼愛，我們才得有今天的一切。若有榮耀，都該歸屬於雙親。

【原詞】

宋・蘇軾〈臨江仙〉

夜飲東坡醒復醉，歸來彷彿三更。家童鼻息已雷鳴；敲門都不應，倚杖聽江聲。

長恨此身非我有，何時忘卻營營？夜闌風靜縠紋平；小舟從此逝，江海寄餘生。

夜晚在東坡上喝酒，醒醒醉醉，醉醉醒醒，回來的時候，大約已是夜半三更了。這時家人都已熟睡，家僮的鼻息像雷鳴似的；我敲了很久都無人應門，只好拄著手杖，靜聽江流的聲音。

總是抱怨身不由己，什麼時候才能忘卻所有的煩惱呢？夜深了，風停了，江上的波濤十分柔細；我將駕著一葉小舟從此遠去，在湖光山色中逍遙此生。

一方田地

一塊荒廢了很久的地，全都長滿了雜草，該怎麼辦呢？就鋤草吧，劍及履及。哪知一旦開始，才知沒完沒了，鋤不勝鋤。原本鋤好的地方，一陣雨後，小草又紛紛冒出，而且以你所想像不到的快速攻城掠地。天啊，豈一個「勞累」了得？後來，經由高人指點，種些簡單的莊稼，果然問題少了許多。

於是，有人說：「如果想讓心靈不荒蕪，最好的方法就是修養美德。」以積極的種植來取代叢生的雜草，還能帶來另外的收穫。以美德使荒蕪不再，更是一種智慧。何況，美德自有芬芳，悅己又能怡人，還提升了周遭的氛圍，真是一舉多得。

我們的心也是一方田地，你想種些什麼呢？種桃種李種春風？如果肯辛勤耕耘，都將收成豐美。我曾經教書多年，這種感觸尤其深刻。只因當年的誠意相待，往後的回報，竟然意外的豐碩。

前些時候，他在電話裡跟我說：「我想去看老師。」

我說：「好啊。」

我們敲定了週五下午兩點。

他卻說：「因為我感冒，所以，我只要去一下就好。」

可是，我聽他的聲音也還好啊。

終於見面了，他果然戴著口罩出現，讓人莞爾。

他在五十歲的那一年退休，回鄉下老家躬耕讀書，想人生又是另一番境界了。

宋・蘇軾在〈蝶戀花〉中寫著：

尊酒不空田百畝，歸來分取閒中趣。

只要酒杯不空，有田地百畝，就退居歸隱，分享閒適中的情趣。

多麼讓我悠然神往。

我見過他年少的模樣，那時候，我是他課堂上的老師。聽說他讀大學時是個大帥哥，這還是他當年的同學告訴我的。後來，我見到他時，是在多年以後的同學會上。他早已經工作多年，有點兒疲憊，大家忙著說話時，他卻忙著幫我們斟茶。那天人很多，我們沒有說什麼話。

這一次終於可以好好說了，可惜他又感冒。

其實，我們也說了不少，談一些生活經歷，也談對生命的感悟。

他說：「我告訴我的兒女，我們的家訓是誠信、知足、惜福、感恩。我希望他們都能記得，且終身奉行。」

很有意思，也看得出他的淡泊。

我們談的都是別後人生的一些起伏。我們都同意，我們太幸運了，能在安定的環境裡求學和工作，不曾歷經戰亂，沒有挨餓受凍、輾轉流離，難道還不知足、惜福和感恩嗎？

他告辭時，我們已經說了兩個小時了。

很開心的下午，很高興知道他過得好⋯⋯

想起很多年前，我曾努力在他年少的心田播下微小的種子，早已開花結果。一如今日他在兒女心田的種種用心，我相信它們都同樣的美善。

一方田地可供耕耘，只要夠認真，終將有成。

一方心田更要好好的善用培育，發揚光大，將足以成就繽紛美好的大同世界。

【原詞】

宋・蘇軾〈蝶戀花〉：

雲水縈回溪上路，疊疊青山，環繞溪東注。月白沙汀翹宿鷺，更無一點塵來處。

溪叟相看私自語，底事區區，苦要為官去？尊酒不空田百畝，歸來分取閒中趣。

雲彩倒映在水中，迂曲往復的荊溪路上，只見層層疊疊的青山，還有溪水一逕環繞著，向東流入湖中。雪白的沙洲上鷺鷥翹著腳歇息，上下一片皎潔，不著一點塵埃。

溪邊的老者欣賞著，竊竊私語。為什麼有人會因微小薄利而去辛苦的做官呢？只要酒杯不空，有田地百畝，就退居歸隱，以分享閒適中的情趣。

記憶裡，有蓮花飄香

倘若，你問我：在萬紫千紅的花海裡，如此繽紛而又撩人眼目，那麼，最是心繫哪一朵？

我的回答總是：蓮花。

當我初履白河時，小鎮裡，沒有圖書館，沒有像樣的電影院，沒有任何的藝文活動，我的心中一片荒蕪。我原先以為，我只是白河的過客，然而蓮花太美，終究讓我留了下來。縱使十多年以後我離開，可是，我知道，我的心仍然留在這兒。

白河不只山明水秀，夏日時，蓮花的朵朵綻放，讓遊客爭相絡繹於途。的確，畫家來，詩人也來，攝影家更要來，就怕錯失了她的一顰一笑。蓮花，是薰風中最受矚目的主角。

那些年，正走在青春年華的我，想來青春也如花，帶著掩藏不住的清新，也如同蓮花的綻放吧。有時候我在教室裡講課，眼光不免瞥向在風中搖曳的蓮花，我竟彷彿有著幾分暈眩的恍惚。怎麼一回事呢？都怪蓮花美得過分嗎？有時候學生們考試，我就從二樓的窗戶，側著頭望向學校鄰近的蓮花田。她們一一展現出更多迷人的姿容來，還有那寬大的蓮葉，不斷的跟我招手。於是，我的心便開始不安寧了起來。要不要快步去蓮花田走一遭？可是，課堂上的老師是有責任的。放學後再去吧？可是黃昏時的蓮花，會不會也疲憊了呢？……

我喜歡蓮花，喜歡看她們盛放的容顏。她們多麼的自在啊！沒有拘束，沒有綑綁。有著天真的面貌，和發自內心的喜悅。她們從土裡長出來，美麗了這個世界，也奉獻了一己的所有，從花葉、蓮子、蓮心到蓮藕，有的可供觀賞，有的可入菜入藥，甚至成為知名的甜點。那是她給予世人最真摯的愛。

那些年，我依然是校園裡閒閒走著的年輕老師，課堂上，努力的把文學名著當作故事來說。學生們的年紀小，不過十四、五歲，也許他們愛的只是我故事的有趣吧，哪知背後我更大的用心呢？長大以後，或許一切也都恍然了悟，原來，那是他們進入文學殿堂的鑰匙，更讓閱讀成了他們終身不渝的好朋友，憂樂相隨，文學的真善美和智慧，足以為他們抵擋所有塵世的淒風苦雨。

隨著成長的腳步，他們陸續到外地繼續求學和就業，後來，連我也離開了蓮花的故鄉。莫非真的有如宋．蘇軾在〈臨江仙〉中所說：

人生如逆旅，

我亦是行人。

人生處在天地之間，就像是住在旅店，我也只是匆匆的過客罷了。

然而，在回首的時刻裡，我的心中有著深深的眷念和感恩，那些美麗的歲月都如詩。

如今，每當我想念白河，便記起那些蓮花飄香的時光。

曾經蓮香處處，輕輕拂過屬於我青春的年月，在記憶裡，清晰宛如昨日，不能忘。

然而，也是在回顧的此刻，我終究明白，往日那些一起走過的日子，都是一朵又一朵的蓮，綻放在生命裡，清芬永遠飄揚。

【原詞】

宋・蘇軾〈臨江仙〉：

一別都門三改火，天涯踏盡紅塵。依然一笑作春溫，無波真古井，有節是秋筠。

惆悵孤帆連夜發，送行淡月微雲。尊前不用翠眉顰，人生如逆旅，我亦是行人。

一別京城，已有三年了。踏遍天涯，在紅塵中奔波。相逢一笑，依然覺得溫暖如春。我的心境一片坦然，如古井的不起波瀾，節操依舊，似秋竹的勁直。

孤帆連夜就要出發，多麼令人惆悵啊，送別時，只見淡淡的月色，微微的雲彩。酒席前不需要愁眉不展，人生處在天地之間，就像是住在旅店，我也只是匆匆的過客罷了。

成了一棵大樹

婚前，她是個嬌嬌女。是家中唯一的女兒，在她的上頭還有兩個哥哥。臺灣家庭不都是重男輕女的嗎？他們家還真的是「反其道而行」。連哥哥們也都曉得，這妹妹可是父親的寶貝，誰也沒得比的。說是「掌上明珠」，也不為過。

父親的確特別疼她，總是說：「女兒嘛，就是生來疼的。」加以家境寬裕，每天她除了上學讀書，其餘就彈琴、讀詩詞、到海邊散步。

她尤其喜歡海邊的黃昏，夕照的美景，老讓她百看不厭，常常看得癡迷，忘了回家吃飯，又要勞動家人到海邊來找人。幸好，他們住的是鄉下，淳樸而美麗，沒聽說有什麼壞人。

就在父親的寵愛下，她不曾洗過一條手帕、一個碗。

屬於她的日子是詩情畫意的。

結婚，是分水嶺，是生活上截然不同的改變。

婚後，也是她所有學習的開始。

她並沒有所嫁非人。丈夫是上進而優秀的，出生農家，克勤克儉過日子。她也一直認為，勤儉是美德，值得讚揚。

丈夫是君子，也對她溫存呵護。因為工作的關係，常赴遠地出差，令她思念不已。日久，她裡外一把抓，竟然逐漸能幹了起來。

她常想起宋．李之儀〈卜算子〉：

只願君心似我心，

定不負相思意。

只希望你的心，如同我深情的心，一定不會辜負這份相思之情。

然而，婆家很窮，婆婆尤其對她百般挑剔，口口聲聲說：「有錢人家的小姐娶不得，因為不知儉省。」還好他們工作的地點在臺北，公婆住慣了鄉下，那時公公還在郵局上班，餘暇還要照顧田中的作物，也就沒有住到臺北來。

丈夫手足情深，曾經舉債讓小姑丈做生意，結果一敗塗地。債務她得幫著扛，她上會、標會，日子過得很拮据。小姑竟然輕描淡寫的說：「比起我們，妳可從來不曾吃過苦。現在吃一點苦，也是應該。」聽了這話，她默然無語。上班、不斷的兼差，承受著困窘的生活所帶來的各種壓力。

她因此學會了節儉度日，遇到假日，便帶著兒女一起到公園玩或者去爬山、上圖書館……這些都不花什麼錢，卻有益身心，孩子們也很開心。

婚前婚後，為什麼會差這麼多呢？

是由於天真的她，備受娘家父母的寵愛、疼惜；進入婚姻以後，她已經是大人，不再是愛嬌的小女孩，得盡責並且辛勞撫養兒女？

長大了，到底好或不好呢？她一時也說不上來。

只記得披嫁紗時，母親語重心長的跟她說：「往後的日子，無論發生了什麼事，都要一肩扛起，當兒女的依靠和榜樣。」

婚後，有順遂，也有困頓。處在順境時，她心懷感恩，學習的並不多；反倒是處在逆境時，她咬緊牙根，卻發現，其實種種關卡也都是過得去的。

也許，這就是母親所說的，該學會承擔吧。如果沒有拂逆，哪裡學會體諒和寬容他人？如果不曾遇到困苦，哪裡可能培養了能力，懂得忍耐，也願意委屈自己？

也許，人生的每個時期都有它的酸甜苦辣。小時候，得到的庇蔭多，嘗的都是甜蜜；長大以後，所有滋味一一嘗遍，那也是一種豐盈無缺吧。

隨著歲月的流逝，經過這麼多年的歷練，她彷彿也成了一棵日漸茁壯的大樹，枝繁葉茂，也可以給人以清涼的綠蔭了。

【原詞】

宋．李之儀〈卜算子〉：

我住長江頭，君住長江尾；日日思君不見君，共飲長江水。

此水幾時休？此恨何時已？只願君心似我心，定不負相思意。

我住在長江的上游，你住在長江的下游；我每天思念你，卻又見不到你，只有大家一起飲用長江的流水罷了。

這奔流的江水什麼時候能歇止？相思的愁憾什麼時候能結束？只希望你的心，如同我深情的心，一定不會辜負這份相思之情。

【詞家】

李之儀（一〇三八～一一一七）

字端淑，號「姑溪居士」，北宋詞人。與蘇軾、黃庭堅、秦觀交往甚密。曾身陷新舊黨爭。一生官職不顯赫，但與蘇軾的文緣友誼十分深厚，蘇軾對其影響極為深刻。《姑溪居士全集》中收錄與蘇軾有關的作品四十餘首，《蘇軾文集》和《蘇軾詩集》裡收錄與李之儀有關的作品有二十餘首，蘇軾在遇赦北歸的一年間，寫給李之儀的信箋就達七封，可見兩人的情誼非同一般。

李之儀作詞主張學習晏殊、歐陽修，其詞清婉峭雋，著有《姑溪居士文集》、《姑溪詞》等。

明末藏書家毛晉《姑溪詞跋》稱其詞有「語盡而意不盡，意盡而情不盡」的意境，且「小令更長於淡語、景語、情語」。

但願沒有憾恨

人人都需要鼓勵，無論老少賢愚。鼓勵所帶來的力量，遠超乎我們的想像。

她的父母年歲都大了，有八十好幾。年紀大了，病痛難免，看醫生，吃藥，都是尋常事。

父親比較活潑外向，那些年身體狀況還好，經常到外頭閒逛，有時找朋友下棋、聊天，日子好過得很。相形之下，母親因腳力不好，多半在家，哼哼哀哀，老說自己身體不好、胃口不佳。

於是，她有空時，就搭車去看娘家年邁的父母，都住在臺北，見面不難，還可以幫忙做點家事，陪著說話。兩個哥哥都定居國外，相距遙遠，就算想承歡膝下，也不是那麼容易，何況還有工作和家庭的負擔。

老人家有了歲數，開始進出醫院。

先是母親高燒住院，檢查的結果是感染的問題，可以對症下藥，病情穩定後就出院了。然後，父親的糖尿病由於控制不好，已經開始洗腎，視力日漸模糊，心中的沮喪可想而知。兩個哥哥因此先後從國外趕回來探望，可是他們縱使請假，也非長久之計，終究是要離開。

父親老是說些喪氣的話，說他不想活了，說他想去死。

她心中驚駭：「您要走，留下媽媽一個人，該怎麼辦？」

「可是，我太辛苦了，已經顧不得妳媽了。」

她只好想辦法找父親有興趣的話題來說，講笑話，多說一些具有啟發性的小故事。

後來，她跟父親說：「往後，若您病苦送醫，再也不要做侵入性的治療，而且，我會每天為您念經，懇求菩薩：如果您要離開，讓您就在睡夢中被菩薩接引而去，沒有痛苦。」從此父親安心了許多。

人到年老，不免體弱，這是不爭的事實。當疾病上身時，總是要受苦的，誰也很難倖免。

父母以他們的逐漸老去，現身說法，讓兒女明白，該如何面對人生最後的一段時光。

遲早都要永別的，留不住老邁的父母，一如留不住逝去的青春。

她簡直無法想像失去父母的傷痛。

可是，眼前父親病苦，只怕承受不起其間的折磨。

回想起年少往事，父親風趣，常帶著兒女一起玩，從來不嫌累贅或勞苦。那些相處的日子，此刻想來，都像是美麗的春天，多麼讓人難忘。

一如宋．黃庭堅在〈清平樂．晚春〉中所寫的：

若有人知春去處，

喚取歸來同住。

如果有人知道春的蹤跡，快喚它回來與我們同住。

那是她此刻的心情吧？父女一場，曾經多少褓抱提攜，恩情也如天。

她很感激父母對她的疼惜和帶領。在自己的婚後，相夫教子之餘，當兒女已然長大了，還有機會能回頭照顧到娘家父母的垂暮之年。多說鼓勵的話，也相信鼓勵所產生的力量。正向思考，對每個人都一樣的重要。

她明白，也應該對所有和自己有緣相遇的人，抱持著同樣的態度：多說好話，這些充滿了陽光的字句，是可以帶來溫暖和鼓舞的。

其實，這也啟發了屬於自己的人生，但願沒有憾恨，只有感恩。

【原詞】

宋·黃庭堅〈清平樂·晚春〉

春歸何處？寂寞無行路。若有人知春去處，喚取歸來同住。

春無蹤跡誰知，除非問取黃鸝。百囀無人能解，因風飛過薔薇。

春去到了何方？到處一片沉寂不見歸路。如果有人知道春的蹤跡，快喚它回來與我們同住。

春已杳然，沒有人知道它的蹤影，除非向黃鸝打聽消息。黃鸝百囀千鳴，卻沒有誰能領會，由於風起，牠便飛過薔薇而去。

【詞家】

黃庭堅（一〇四五～一一〇五）

字魯直，號山谷道人，晚號涪翁，擅文章、詩詞，尤工書法，與張耒、晁補之、秦觀並稱「蘇門四學士」。其詩名尤盛，詩與蘇軾並稱「蘇黃」。詩作風格主張借襲古人章句以創新意，影響後世深遠，為江西詩派開山之祖，有《豫章黃先生文集》、《山谷琴趣外篇》。詞與秦觀齊名，晚年詞作接近蘇軾，詞風深於感慨，豪放秀逸。

其書法別樹一格，擅行書、草書，尤擅草書，與蘇軾、米芾、蔡襄並稱「宋四家」。「宋四家」都以行書見長，但只有黃庭堅的草書藝術成就高。其遇紙即書，直到紙盡為止，所以他的草書不為舊規矩所束縛。被視為繼懷素、張旭之後，宋代最重要的草書大家。

宋朝朱弁《曲洧舊聞》曰：「東坡文章至黃州以後，人莫能及，唯黃魯直詩時可以抗衡。」

晁補之云：「魯直間作小詞固高妙，然不是當行家語，自是著腔子唱好詩。」

滄桑美人

她真是美麗，你只要看上一眼，就很難忘懷。可是，為什麼那張漂亮的臉卻給了我「歷盡滄桑」的感覺呢？

我們認識，是因為我們參加了同一個旅遊團，到日本玩。在這之前，我們並不相識。

那是暑假，還是個知名的旅行社辦的。她的兒子那年五專畢業，畢業禮物是老媽送的這次日本旅遊，所以，兒子跟她同行。我心裡想：「兒子都二十歲了，她還這麼年輕！真不知把歲月給藏到哪裡去了？」

旅遊的心情原本輕鬆，團員雖然來自各處，可是，當旅遊結束，大夥兒也就四散，再相見的機會極微。也或許，是在這樣偶然相逢的情形下，她跟我們說了自己的故事。

她從小就漂亮，少女時代就已光芒四射，人見人愛。美麗的女孩總有各種邀約，她也不是那麼愛讀書，勉強讀完高職，她就迫不及待的去工作。果然沒多久，老闆的兒子就跟她出雙入對，更糟的是，她發現她懷孕了。

那年，她美如花朵，芳齡十九。

對方的父母立刻出面制止，還帶著鄙夷的語氣說：「門不當戶不對，我們家不可能要這樣的媳婦。」怯懦的男友跟著父母一起走了，從此不曾出現和探望，即使她生的是兒子。

原來，沒有肩膀的男子就是這樣，別冀望他能遮風擋雨。

幸好自己的母親雖然氣她傻，可還是疼她的，幫了她不少的忙。

摔了這樣一個大筋斗，教訓夠重的，受傷夠深的，從此，她認真工作，避談男女情愛。可是，「窈窕淑女，君子好逑」，追求者仍多如過江之鯽。幾年以後，有個機會，她開始自立門戶，自己做起小生意來。她戰戰兢兢，謹小慎微，生意倒是做得不差。

孩子慢慢長大了，讓她覺得安慰。

有個日本客戶一直對她窮追不捨，也知曉她的情形，對孩子視如己出。考慮很久以後，她點頭結婚，婚後育有一女。日本丈夫是疼她的，感情融洽。

上天還是給了她很好的感情歸宿。

既然我們一起來到了京都，當然也看到了她的丈夫，十分愛寵她，我們都替她感到高興。她也對我們友善，夜晚時，還曾陪著我們四出購物；後來她先行離團，和她的日本丈夫小聚去了。

算一算，我們認識時，她也不過四十歲。

的確豔美如花，讓人難忘。只是，為什麼總讓我覺得她歷經滄桑呢？是年少時的那一段感情，讓她傷痛太重嗎？太深刻的記憶，是不會輕易就忘了？當她回首前塵往事，會不會也有幾分如宋．秦觀〈浣溪沙〉中的名句：

自在飛花輕似夢，
無邊絲雨細如愁。

自在飛舞的落花，宛如夢一般的輕柔，無邊的細雨迷濛，一如內心綿密的憂愁。當年心中的幽怨，或許不知該向何人說？如今一切都已遠去。

其實，她是應該忘了。唯有遺忘，才是真正寬恕了對方，也善待了自己。何況，上天待她不薄，還是給了她很好的婚姻和家庭，而這些仍是需要好好珍惜和繼續努力經營的。

真心祝福她往後的歲月靜好，不再起波瀾。

【原詞】

宋．秦觀〈浣溪沙〉：

漠漠輕寒上小樓，曉陰無賴似窮秋，淡煙流水畫屏幽。

自在飛花輕似夢，無邊絲雨細如愁，寶簾閒挂小銀鉤。

春天裡有著惻惻的輕寒，我獨自登上了小樓，早晨的陰冷天氣，竟有幾分像是深秋，屏風畫著淡煙流水，一片寂寥清幽。

自在飛舞的落花，宛如夢一般的輕柔，無邊的細雨迷濛，一如內心綿密的憂愁，只見珠簾輕輕的掛在窗旁的銀鉤上。

【詞家】

秦觀（一〇四九～一一〇〇）

字少游，又字太虛，號淮海居士。與黃庭堅、晁補之、張耒齊名，號稱「蘇門四學士」。然而，雖出於「蘇門」，卻不同於蘇軾的豪放，其詞性婉約的風格，反而較接近柳永。宋蔡伯世說：「子瞻詞勝乎情，耆卿情勝乎辭；辭情相稱者，唯少游一人而已。」清陳廷焯《白雨齋詞話》又說：「秦少游自是作手，近開美成，導其先路；遠祖韋溫，取其神不襲其貌。」以此可說明，秦觀的作品兼有韋溫的特長，有柳永的基調，也有蘇軾的氣度，可說是一位博觀約取的作家（陳弘治《唐宋詞名作析評》）。

由於秦觀仕途不遂，多有苦悶牢騷，所以其詞有文人失意的身世之感，但較多的篇章則是寫男女戀情的旖旎，流露消極傷感的情調。其詞的成就在於藝術技巧，筆法縝密，蘊藉含蓄，音律和諧優美，語言清麗自然，為婉約派之正宗。

拼布班的老婆婆

好朋友學拼布，也有好多年了。

拼布班的學員裡，大家都相處融洽，老師也待大家很好。只是，拼布費時費事，多少功夫拼得成？一經開始，不只占用空間不說，而且也相當傷眼力。只因為那是她的興趣，所以樂此而不疲。

拼布班裡，學員雖多，但也來來去去。有各種因素，有的搬家了，有的眼睛不好，有的事忙走不開。好多年過去了，她仍然和幾個資深學員待在這個拼布班，隨著時間的累積，彼此的感情也就更加深厚了。

你知道嗎？學員中，年紀最大的，都有八十幾歲了。

雖然老婆婆做得比較慢，可是手工很細膩，成品也雅致，多麼讓大家驚歎佩服。

最近，隨著年歲大了，老婆婆每個禮拜到拼布班來，卻經常迷了路，頗受一番波折。也因為婆婆的住處離拼布班遠，不只搭車，中途還要轉車；幸好每次都能遇到好心的人，看到婆婆拿出來的紙條，便依著上面的地址打電話來詢問，甚至親自送老婆婆過來。

臺灣最美的風景是人，這話我從來深信不疑。

有時候，她回程竟然搭上相反方向的車，這下子又迷路了，還得有勞熱心的警察先生通知家人前來領回。

家人不能陪同嗎？

是的，在臺灣的兒子因意外故去，媳婦必須外出工作以養家。其實，她在美國還另外有一個兒子。按理說，應該前往依親；可是那個兒子離婚，又再婚了，顯然新媳婦並不贊成。可憐的老婆婆，都到了風燭殘年，竟然一無依靠，多麼令人同情。

沒有人可以陪她來，這是讓人不放心的地方。可是，沒有人忍心勸她不要來。因為拼布是她真心喜歡的手作，到拼布班來，跟大家一起切磋琢磨，那是她每個禮拜最大的盼望。

近年來，老婆婆老是抱怨找不到東西，恐怕已經開始出現輕微失智的現象了。她有時候清明，也有時候迷糊，怎麼辨呢？誰也不知道。

老伴走得太早，把寂寞留給了她。她會不會覺得淒清呢？家中雖有晚輩，他們卻各有各的忙碌。

她的心境如何？我想起自己曾讀過宋．秦觀的〈減字木蘭花〉，會不會詞裡也有屬於她的心情呢？

天涯舊恨，

獨自淒涼人不問。

天涯流落，心中的感慨很深，我獨自懷抱著淒涼，卻沒有人加以關心聞問。讀來，多麼讓人不忍。

細想，人生是未知，也有它的好，要更加珍惜眼前，活在當下。

然而，每個人都會有老去的一日，也沒有人曉得，自己最後的一段人生路程會是怎麼走的。也許很辛苦，也許還好。老婆婆的例子給了我們一個很大的警惕，有必要未雨綢繆。

或許早在青壯時期，就要好好的存錢，做好老年生活的規劃。長大的兒女各有各的負擔，也未必能倚靠，那麼，至少自己的身邊有錢，還能找到幫忙的人，不至於徬徨無所依。

當然更好的是保有良好的健康，有老本，有老友，還有讓自己感興趣的事，如此，人生的黃昏才更繽紛而美麗。

【原詞】

宋．秦觀〈減字木蘭花〉

天涯舊恨，獨自淒涼人不問。欲見回腸，斷盡金鑪小篆香。

黛蛾長斂，任是春風吹不展。困倚危樓，過盡飛鴻字字愁。

天涯流落，心中的感慨很深，我獨自懷抱著淒涼，卻沒有人加以關心聞問。想知我的愁腸百轉千回，就且看爐中斷成灰燼的篆香吧。

我總是緊鎖著眉尖，任憑春風和煦，卻老是無能舒展，獨自煩悶的倚著高樓，眼看著雁行飛過，只為我帶來更多的愁懷。

美麗的邂逅

趁著暑假，我到白河小住幾天。

清晨醒來，仍有薄霧微攏，一時興起，就到外頭四處閒逛。

原來，荷花早就開了。

晨曦照見荷花清新的容顏，水中的倒影，更見嫵媚。荷葉上有滾動的小小露珠，晶瑩有如美人的眸光。讓人想起了詩人涂靜怡在〈午後雨〉裡的詩句：「露珠在荷葉上築夢／追逐一夜未眠的花語」。

這是雋永的、有味的詩句，可以想見詩人纖細、敏感的思維。

怎麼寫得出來呢？我唯有一讀三嘆，自認望塵莫及。

又聯想起了宋．周邦彥〈蘇幕遮〉中的名句：

水面清圓，

一一風荷舉。

清麗而又圓潤的荷葉在微風中亭亭玉立，彷彿在托舉著爭芳鬥豔的朵朵荷花。這樣的美景何其動人。賞荷，又是怎樣的雅致閒情。「水面清圓，一一風荷舉。」多麼讓我悠然神往。

我想起了她，曾經是我邂逅的一朵「小荷花」，當我初執教鞭，在白河國中的課堂上。

然而，緣聚緣散，也有如一場夢。還好，我們仍有相逢的一日。

在我眼裡，她一直是個認真的人。

在學校時，認真讀書。畢業以後，認真教書。進入婚姻以後，不只是老師，連妻子、母親、媳婦的角色也認真扮演。

也的確都做得很好，別人看她，彷彿是「千手觀音」，然而，長年所累積的辛勞，健康因此受到了折損。

後來，她退休了，退休後一邊調理身體，一邊進福智讀「廣論」，聰慧的她把習得的道理應用到日常生活裡，因而產生了很大的效果，在婆媳上，在夫妻間，在親子裡，都有了更正向的發展，的確是收穫豐盈。

想起幾十年來，我們從書本上也常讀到的許多金玉良言，可是，我們認真的實踐、好好的運用過嗎？如果讀書只為了考試，書歸書，我歸我，兩不相涉，毫無實質的影響和發揮，那不是太可惜了嗎？可是，太多的人竟習焉不察、我行我素，甚至不以為自己有錯。

運用是珍貴的，可以讓知識「活」了起來。

可是，有多少人能切實做到呢？

唯有不斷的活用知識，才能真正造福人群，也讓知識發揮了它無法想像的效益……

我走在夏日的白河，薰風中，荷葉田田，荷花耀眼，出汙泥而不染，全都是眼前的真實風景，原來，詩與畫就在生活之中。

吟誦幾句詩詞，它們從來是文學的珍珠。好詩詞，尤其難得，那是瑰寶，是文化的永久財。

我和荷花相遇，也和美好的詩詞相逢，這都是人間美麗的邂逅。

【原詞】

宋．周邦彥〈蘇幕遮〉：

燎沉香，消溽暑。鳥雀呼晴，侵曉窺簷語。葉上初陽乾宿雨。水面清圓，一一風荷舉。

故鄉遙，何日去？家住吳門，久作長安旅。五月漁郎相憶否？小楫輕舟，夢入芙蓉浦。

細焚沉香，消除夏天悶熱潮濕的暑氣。已是拂曉時分，鳥雀在屋簷上窺探、呼叫，好像是在呼喚著晴天。初升的陽光曬乾了荷葉上隔夜的雨珠，水面上清新圓潤的荷葉，在晨風中托舉著朵朵鮮豔的荷花。

看著眼前的風景，忽然想起了遙遠的家鄉，什麼時候才能回去呢？我家本在江南吳門，如今我已多年客居都城。不知小時候的伙伴是否還常常想起我？而我卻常常在夢中駕著輕巧的小船，划進了家鄉的荷花塘。

【詞家】

周邦彥（一〇五六～一一二一）

字美成，號清真居士。其詞多為男女相思之情，流連失意之作，《宋史》本傳說他：「疏雋少檢，不為州里所重。」因他生活浪漫，縱情妓酒，所以作品多不離冶遊豔情，步趨柳永之路。

周邦彥精通音律，能自度曲，在詞的音律上貢獻很大。用語工麗，多用典故，形成其獨特的渾厚、典麗與縝密的藝術風格。是北宋末年享有極高聲譽的一大詞家，且被稱為婉約派集大成者和格律派的創始人。但由於過分追求格律法度與形式，所以在思想內容上反而較為貧弱。

南宋末年陳郁藏《一話腴》稱他：「二百年來，以樂府獨步。貴人、學士、市儇、妓女，皆知美成詞為可愛。」

張炎《詞源》說：「美成負一代詞名，所作之詞，渾厚和雅，善於融化詩句。」沈義父《樂府指迷》說：「凡作詞當以清真為主，蓋清真最為知音，且無一點市井氣，下字運意，皆有法度，往往自唐宋諸賢詩句中來，而不用經史中生硬字面，此所以為冠絕也。」

重逢

那幾天，我一打開臉書，看著交友邀請中的那個名字。名字太熟悉了，可是她是誰呢？我的腦中一片空白。返回去看了她的照片，帽子遮了大半，也看不真切。如果別離太久，我哪有本事認出她來？我想，這個名字曾經對我是重要的，可是，最近我太忙，才剛決定要淡出臉書，她的出現，讓我有點為難。

遲疑了好幾天，我還是想不起她是誰；然而，當我按下了「確定邀請」的鍵，我立刻看到了她給的一則訊息：「老師：您記得我嗎？」

彷彿那是魔杖一點，我突然記起了跟她有關的許多事情：我記得她曾經是我非常喜歡的學生，很活潑；我還記得她很仰慕的鄰居大哥哥也是我的學生。我跟她說：「天啊，我不曉得有沒有記錯？快點告訴老師，後來妳到哪裡去？一切都還順利嗎？」

我們很快的相會，只是，那樣的久別重逢，讓我既歡喜又感傷。中間隔著三十多年的歲月，歲月像一條莽莽蒼蒼的河，然而跨越也並沒有我想像中的困難。

當她在電話裡說：「老師，我話很多的。」我大笑：「知道啦，四十年前就已經是妳說我聽了。」是的，她曾經是我國文課堂上的小女生。

然而，在她國中畢業以後，我們再也不曾見面。重逢時，她是單親媽媽，拉拔兩個孩子長大，過程也應該是艱辛的。她人雖然漂亮，可是學歷普通，幸好有一份好工作，也有自己的房子，生活算是穩定。她說：「我很感恩。」卻聽得我幾乎落淚。

那又是怎樣的心情呢？會不會也像是宋．謝逸在〈千秋歲．夏景〉中所寫：

密意無人寄，
幽恨憑誰洗。

隱密的心事無人可以傳寄，滿懷的幽恨又要靠誰來浣洗？在每個夜深不寐的時刻，在艱難困頓的當兒，她又是怎麼安然走過的呢？想到她曾經在茫茫人海裡苦苦掙扎，日夜兼差，只為了養活自己和兒女，我有多麼的不捨。

畢竟上天有好生之德，它讓一個上進的人變得更好，也給一個努力的人更多的機會。她並沒有說太多，然而人生就是這樣，有許多話從來是不必說就能明白的。想起她小時候的吱吱喳喳，像一隻快樂的鳥兒，在我辦公室裡飛進又飛出，我但願她能永遠充滿了歡愉，不受命運的折磨，然而，那又怎麼可能呢？

那些曾經有過的歡笑，也是上天所給予的疼惜了。如今，屬於她的生活平靜，也是一種難得的好。

她還興高采烈的跟我說，她善於養花，也喜歡花藝設計，彷彿是不學而能。「希望將來有機會學習，也能走自己喜歡的路。」

祝福她，日子能越過越好，不再有煩憂。

【原詞】

宋・謝逸〈千秋歲・夏景〉：

楝花飄砌，蔌蔌清香細。梅雨過，蘋風起。情隨湘水遠，夢繞吳峰翠。琴書倦，鷓鴣喚起南窗睡。

密意無人寄，幽恨憑誰洗。修竹畔，疏簾裡。歌餘塵拂扇，舞罷風掀袂。人散後，一鉤新月天如水。

楝花隨風飄落在石階，有清香細細傳來。梅雨霏霏都已成了過去，夏日的蘋風初起。情隨湘水遠去，夢魂縈繞著青翠的吳山。彈琴看書疲倦了，就在南窗邊小睡，卻又被鷓鴣的啼聲給喚醒了。

隱密的心事無人可以傳寄，滿懷的幽恨又要靠誰來浣洗呢？在竹林邊，疏簾裡，故人唱曲的歌塵依舊輕拂羅扇，舞後的清風依然在掀動衣袖。眾人散去以後，只見一鉤新月出現在涼如水的天邊。

【詞家】

謝逸（一〇六八～一一一二）

字無逸，號溪堂，宋朝臨川縣城南（今撫州市人）。

先世居金陵，後移居臨川。父謝方，母黃氏。生於熙寧元年（一〇六八）。少孤，家境艱難，「無地可桑麻」，「雖困甚，然未嘗少屈」。然屢試不中，遂絕意仕途，終身隱居，以詩文自娛。

其詞「既具花間之濃豔，復得晏歐之柔婉」，與堂弟謝邁並稱「二謝」，江西詩派二十五法嗣之一，名列《江西詩社宗派圖》。因「吟《蝴蝶詩》三百首，人呼為謝蝴蝶」。黃魯直見其詩，嘆說：「使在館閣，當不減晁、張。」南宋劉克莊稱「其高節亦不可及」。毛晉稱：「溪堂小令，皆輕倩可人。」《詞苑叢談》稱其詞「標緻雋永。」代表作品有〈江城子〉。政和二年（一一一二年）卒。有《溪堂詞》，存詞六十多首。《宋史》無傳。

痛

她的心又隱隱作痛了起來，尤其在這個不眠的夜裡。

人人看她是個好命女，她的外形亮麗，人也活潑能幹，丈夫的事業越來越發達，女兒在工作上也備受肯定。

然而她心中的苦，外人無由得知。

她想，恐怕也只有宋·李清照的〈聲聲慢〉那起首的十四個字，足以形容吧：

尋尋覓覓，冷冷清清，

淒淒慘慘戚戚。

在迷茫中我苦苦尋覓，那失落的一切又在何方？只留下冷冷清清，滿心的淒慘悲傷。

她沒有孀居，可是兒子的遠離又不學好，成了她內心難以啟齒的痛。

還記得，她生老大時，剛滿月，那是家族中的長孫和長子。公婆前來看她，強行帶走幼兒，說是代為照顧，以解除媳婦部分辛勞。

丈夫沒有說話。

就這樣，她眼睜睜的失去了兒子，「代為照顧」只是美名，其實是被公婆據為己有。

老二是個女兒，一向重男輕女的公婆沒有興趣，於是因禍得福的留在她的身邊。

老二被照顧得很好，教養得更好；然而，畢竟是母親，她不免記掛在南部跟公婆一起生活的老大，也常去探望，卻越來越不親。老大要上幼稚園了，她哀求公婆成全，讓他回到父母的身邊，公婆相應不理。就要讀小一了，她覺得還是應該帶回臺北自己教，為此，她下跪苦苦懇求，可是公婆抵死不肯放手。

好吧，公婆疼愛孫子，她沒有話說。

那孩子慢慢的長大了，可是沒有教好，出言不遜、偷竊、說謊……問題層出不窮。書沒讀好，也就算了。品德上的日漸偏差，更成了她心頭巨大的隱憂。

她曾經希望那孩子能學得一技之長，讀職校也可以，不一定非要上大學不可。儘管如今的大學好考；可是，他不能吃苦，好逸惡勞，只想一步登天。

早就被公婆給寵壞了，但是，事到如今，又能怎樣呢？

後來公婆年紀大了，相繼往生，這孩子都三十幾歲了，只想做輕鬆的工作，又抱怨賺不了什麼錢。常覺得爸媽偏心，只疼妹妹，還將妹妹送到大老遠的英國去繼續深造。

有一天，她接到通報，老大在臺南出了車禍。開朋友的車，卻因精神恍惚，撞向安全島而受傷住院。精神恍惚，則是由於吸食安非他命所致。

她的害怕終於成真。

同樣父母所生，老二拿了博士學位，回臺，在企業界謀得好工作。老大，不好好讀書、不學好，更不肯反省檢討，卻一再抱怨父母不公平，終究惹出了大麻煩。

她的心好痛，然而，這心中的苦楚又能跟誰去說？

【原詞】

宋．李清照〈聲聲慢〉：

尋尋覓覓，冷冷清清，淒淒慘慘戚戚。乍暖還寒時候，最難將息。三杯兩盞淡酒，怎敵他、晚來風急。雁過也，正傷心，卻是舊時相識。

滿地黃花堆積。憔悴損，如今有誰堪摘。守著窗兒，獨自怎生得黑。梧桐更兼細雨，到黃昏、點點滴滴。這次第，怎一箇、愁字了得。

在迷茫中我苦苦尋覓，那失落的一切又在何方？只留下冷冷清清，滿心的淒慘悲傷。天氣好似回暖了，忽而又清涼，如何可讓心頭平息。喝上三兩杯淡酒，哪裡可抵禦入夜後的寒風來襲。雁兒飛過時，惹起心頭傷悲，這是多麼熟悉的影子啊。

秋菊開始凋落，堆積滿地。剩下一些將枯的花，還有誰去採摘呢？我獨自坐在窗前，靜靜守候黑夜的來臨。淅淅瀝瀝的雨點打在梧桐樹葉上，到了黃昏，仍在滴滴答答的響著，這樣的情景，怎麼可能用一個「愁」字去訴盡。

【詞家】

李清照（一〇八四～一一五五）

號易安居士。生於書香門第，是著名的學者李格非之女，自小耳濡目染，打下文學基礎。十八歲時嫁給金石考據家趙明誠為妻。夫婦倆均雅好詞章，經常相互唱和，並共同認真於金石學的研究。金人占據中原時，避難南方，趙明誠死後，流落他鄉，境遇淒苦。

李清照的詞富於性情與生命的表現，所以作品中明顯反映出個人生活境遇的變化，大約可概分為前後兩期。前期多描述閨情相思，反映出對大自然的熱愛以及對愛情的追求，熱情浪漫、活潑天真，多有曼豔之作。後期則多寫國破家亡的離亂生活，沉痛哀傷，淒黯沉鬱。其詞在藝術技巧上則別於古人，自出機杼，善用白描手法，以清麗淺白的語句，描繪出動人的形象，人稱「易安體」。

宋代朱熹曾曰：「本朝婦人能文者，惟魏夫人及李易安二人而已。」

明朝楊慎《詞品》指出：「宋人中填詞李易安亦稱冠絕。」

清朝沈曾植將李清照詞作的藝術魅力描述為：「墮情者醉其芳馨，飛想者賞其神駿。」

只是滄桑

外出時，真巧，遇見了一個多年不見的朋友。兩人都很興奮，縱使忙，且推向明天吧。此刻，要先抽出一點時間來敘舊，便隨意找了一家咖啡屋，坐下來聊一聊。

談完了彼此的近況，她突然跟我提起：「我們班最近開了同學會！唉，大學畢業都三十年了，好讓人驚心。」

人生，總是在回顧時，才驀然發覺歲月的飛逝如斯，簡直像電光石火，讓人措手不及。

我問：「老同學都還好吧？」

「只是滄桑！」

她接著說：「有的結婚了也離婚了，想來感情的路坎坷；有的健康很差，百病叢生，四處看醫師，卻不知貴人在何方？有的先生官司纏身，意氣消沉，全家也都陷入愁雲慘霧之中……當年，我們班最美麗也最有才華的女生，簡直成了另一個樣。」

我很奇怪，「我記得，她好像嫁入了豪門。那男子多金而有才，備受各方矚目，報上還曾喧騰一時，傳為佳話呢。」

「那是從前，現在她的神采很差，簡直不可同日而語了。可是，沒有人敢問，他們的婚姻是不是出了問題？」

她告訴我：「大家臆測紛紛，加上坊間的八卦爭相報導，說是兩人早已分居多時，她那才與財兼備的先生早跟別的女人同居了。到底何為因何為果，一派撲朔迷離。或許，只有當事人才心知肚明吧。我們這些老同學實在不忍心探詢。」

真的，世間的滄桑又何止這一樁呢？也聽得我心情沉重，且寄以深深的祝福，什麼話也不想說了。

那樣一個孤單的女子，暗淡而淒涼。

我心頭想起的是宋・李重元在〈憶王孫・春閨〉中的：

雨打梨花深閉門。

無情風雨打落梨花，只好緊緊的關上了院門。

當事者的思緒，又如何能平呢？

也讓我想起我們班上，每回召開同學會時，願意出現的，或許還好。有那從來不出席且又音訊飄渺的，多麼讓人記掛啊。到底發生了什麼事？是不是還平安呢？

當年的青春煥發，哪知在歲月的淬礪下，各有各的磨難。我默然不發一語，是的，思前想後，人生的這一遭，只是滄桑啊！

【原詞】

宋．李重元〈憶王孫．春閨〉：

萋萋芳草憶王孫。柳外樓高空斷魂。杜宇聲聲不忍聞。欲黃昏，雨打梨花深閉門。

春已深，芳草繁茂，讓人思念起那遠遊未歸的人。向煙柳外眺望，怎奈樓高遮住了視線，空自落魄失魂。這時候，傳來聲聲杜鵑啼，哀傷讓人不忍聽聞。已經臨近黃昏了，無情風雨打落了梨花，只好緊緊的關上了院門。

【詞家】

李重元

生卒年不詳，約一一二二（宋徽宗宣和）前後在世。南宋黃升編《花庵詞選》，及《全宋詞》收其〈憶王孫〉詞四首，分詠春、夏、秋、冬四季。《婉約詞》中收二首。

卷二——

琹心涵語

◎時光，像一條奔流不息的大河。歲月，你的名字是滄桑。

◎唯有懂得珍惜和感恩，幸福才可能降臨到我們的生活中。

◎晨曦照見荷花清新的容顏，水中的倒影，更見嫵媚。荷葉上有滾動的小小露珠，晶瑩有如美人的眸光。讓人想起了詩人涂靜怡在〈午後雨〉裡的詩句：「露珠在荷葉上築夢／追逐一夜未眠的花語」。

◎我們的心也是一方田地，你想種些什麼呢？種桃種李種春風？如果肯辛勤耕耘，都將收成豐美。

◎人生的歲月說長也長，可是，沒有人能永遠一帆風順。無常，才是它真實的面貌。如果你不曾經歷，毫無所覺，那我也只能說，是你太幸運了。

◎世間的一切，無論離散或聚合，都是因緣的流轉。緣至則聚，緣盡則散，莫不來自前定。明白了這個道理，或許，我們更能以寬闊的胸懷來面對今生所遇，也更願意活在當下。

◎內心寧靜，才能穿透外在的種種繁雜，放下執著，減低阻力，更能有智慧的處理一切。

◎是誰允諾，我的人生必然永遠順遂、沒有波折？是誰允諾，我的生命只有歌聲笑語、沒有眼淚？既然不曾有誰為我做過這樣的允諾，那麼，我失敗，我受打擊，我的傷痛和流淚，也都屬於尋常。憑什麼，上天應該給我特別的照顧？的確，我一樣要承受紅塵試煉，我一樣有哀哀無告的時刻。

◎在夜風的吹拂下，雲開月出，映照著花枝的婆娑舞影，是這樣的賞心悅目。美，從來都具有療癒的效果。

◎人活著，原本就要不斷的學習，在無數的挫折裡，得到了經驗；在暗夜的哭泣中，終於盼到了黎明的曙光。

◎見了面反而更添相思，還不如不見的好。人還是無情的好，無情就不會為情所苦。

◎和命運交手，一招錯，步步錯，怎奈「起手無回大丈夫」！

◎在感情的天平上，只怕從來沒有「公平」二字。

◎安住的靈魂，背後是更多的愛。

◎如今，前塵往事都成煙雲，帶不走的，就忘記吧。無所記掛，才能雲淡風輕。

◎往日那些一起走過的日子，都是一朵又一朵的蓮，綻放在生命裡，清芬永遠飄揚。

◎人生的每個時期都有它的酸甜苦辣。小時候，得到的庇蔭多，嚐的都是甜蜜。長大以後，所有的滋味一一嚐遍，那也是一種豐盈無缺吧。

卷三——人間行難

江湖固然多的是風波，
可還不算是最為險惡的，
人間心水的波瀾，才真正讓人步步艱難。

南宋

藍天白雲

是誰在天空的藍箋上，以雲樣的筆，寫著深情的詩？

年少的心，有著夢一般的情懷，又有幾個人不浪漫呢？

或許在大人的眼中，那些都不夠務實，夢幻的色彩太濃，可是那有罪嗎？每個人都有屬於自己的路要走，不必強人所難。如果認定只有自己的選擇才是王道，那不也太霸氣了？

我的朋友則生性浪漫，終身如是。很悲慘嗎？也沒有。果然「一枝草，一點露」，上天是眷顧她的。人生未必沒有波折，但最後也都化險為夷，度過了重重的關卡。

她的心地好，善良，沒有心機，婚後，歷經了被倒債、經濟困窘、病痛……可是她沒有逃躲，一肩扛下了所有的債務，逐步清償。想來，也是一段不短的苦日子，可是她咬牙撐過，我是佩服她的，無虧德行，很了不起。

倒是後來丈夫病重，一再進出醫院，她侍奉湯藥，衣不解帶，就醫陪病，不曾有過一絲的埋怨，直到丈夫去世，她在傷痛裡，辦完了所有的喪事。

平日她愛身著有蕾絲的衣裳，還有蝴蝶結。我們都很驚訝，那不是小女孩穿的嗎？她照買照穿，沒有絲毫的猶豫。在我們看來，很明顯的不符合年齡身分，可是她一無所覺。我們相信，那是因為她真心喜歡。

喜歡，就好。

或許，也是心性所使然吧。

又沒有傷風敗俗，誰有資格指東道西？我真心以為，不必為了討好別人而委屈自己。想來，她還有幾分特立獨行呢。

也或許，在她的內心世界裡，她依舊保有赤子情懷。

我曾讀過宋．陸游的〈卜算子．詠梅〉的名句：

無意苦爭春，
一任群芳妒。

它無意和百花爭奇鬥豔，任憑嘲笑忌妒，也不放在心上。

梅花在艱困的環境裡，能衝破橫逆，無畏風雨襲擊，依舊開花，特立獨行。

在我的眼裡，梅花的高潔，就像藍天上的雲朵一樣，縱使在季候的局限下，未必都能自由任意的來去，但她仍然努力，快樂做自己，讓人仰望。

不管現實有著怎樣的考驗，她仍然有屬於自己的堅持，寫詩畫畫，她用一枝彩筆，努力揮灑，有時甚至夜以繼日，為的是讓世界更加繽紛美麗，其實也給了自己不一樣的人生。

藍天是她的紙張，她以雲樣的筆，寫詩，也作畫，細心存起來。做什麼呢？她微笑的跟我說：「留予他年說夢痕。」

我真的以為，她是一個像雲一樣的女子。

祝福她，永遠以歡喜的心做自己。

我從藍天白雲，看到了她內在的世界如此浩瀚寬廣，無所拘束，尤其美如詩畫，更是讓人羨慕。

【原詞】

宋．陸游〈卜算子．詠梅〉：

驛外斷橋邊，寂寞開無主。已是黃昏獨自愁，更著風和雨。

無意苦爭春，一任群芳妒。零落成泥碾作塵，只有香如故。

就在驛站旁的斷橋邊，有一株幽梅寂寞的開著花，無人愛憐。已經到了黃昏時候，它還在獨自憂愁感傷，何況還有淒風苦雨不斷的打著花枝。

它無意和百花爭奇鬥豔，任憑嘲笑忌妒，也不放在心上。縱然是片片飄零的落花被碾成了塵泥，那絕世的清芬也依舊長存。

【詞家】

陸游（一一二五～一二一〇）

字務觀，自號放翁。年少時即有大志，二十九歲應進士試，名列第一，但政治上始終堅持抗金的主張，所以仕途屢遭排斥與打擊。中年入蜀，擔任過軍事屬員，但也因軍旅生活而豐富了他的文學內容，作品因而超然拔俗，有著耀眼光芒。

陸游是南宋大詩人，以愛國詩成就最為突出。詞的創作雖然不如詩那般質精量多，但也卓有成績，風格變化多樣，內容多歌詠自然情趣，圓潤清逸，恬淡閒適，但也不乏憂國傷時、慷慨悲壯之作。就其人生經歷來看，早年富才情，中年多悲憤，晚年為閒適，所以南宋詞人劉克莊《村後詩話》說：「放翁長短句，其激昂感慨者，稼軒不能過；飄逸高妙者，與陳簡齋（與義）、朱希真相頡頏；流麗綿密者，欲出晏叔原、賀方回之上。」

清澄的心

如果能保有一顆清澄的心，智慧因此而生，多麼讓人羨慕。

心的清澄與混濁，在於欲望的去與留。欲深谿壑的人，很難讓自己的內在清澄，總有太多的渴望和索求，焦慮多，煩惱更多，無有寧日。求得，固然欣喜，卻又不免患得患失，難道不苦嗎？求不得的苦，更是輾轉反側，席不安枕，不也令人同情嗎？

倘若內心老是被蕪雜之事所充斥，又哪裡還有空間可以容納其他，可以做更有意義的追求和思考？

虛雲大師曾說：「時光長短，唯心所造，一切苦樂，隨境所遷。」人世這般的無常，你以為一切都能久久長長嗎？卻不知韶光易逝，世事變化莫定，哪裡會在自己的掌握之中？

所以，要先摒除外物的擾亂，回歸到純粹，善良如初，如此平靜的心更接近澄澈，更能以智慧來處理所有的紛擾，生命的氣息也更加富有生意。

有許多我們在紅塵裡的苦苦追求，其實都只是虛妄，除了無止盡的煩憂，並沒有帶來真正的快樂，那麼，何不捨棄呢？放下肩上那些不該背負的，我們才能輕鬆自在的走應走的路。

如此說來，你嚮往怎樣的懷抱呢？

一如宋．張孝祥的〈西江月〉中所寫的：

世路如今已慣，

此心到處悠然。

晃晃盪盪的渡過湖面，彷彿經歷人生道路的起伏顛簸，不過，這一切的波折都已經習慣，不在乎了，走到哪裡都是那麼的閒適自得。

世路艱難，如今已慣。當我們經歷過人世間的許多離合悲歡，對於世事的成敗得失，此刻也已經淡然了。我的心不論到任何地方，都呈一片悠閒坦然，還有什麼看不破、想不開的呢？

一個人能夠曠達自適、怡然自樂，世俗的得失已不可能放在心上了，那麼何處不是桃源？眼前都是好風好水好心情。

此心到處悠然，多麼讓人羨慕。

我也常想：有智慧的人是如何來看待自己的人生呢？他們常是以簡馭繁，專注的做有意義的事，他們過著樸素的生活，卻追求心靈的豐美。他們關心別人，心懷慈悲，焦點卻常不在自己的身上。

郎靜山，是我非常景仰的攝影大師。

那年，他九十好幾了。我的好朋友曾經在餐廳裡遇見他，事後，頗為驚奇的跟我說：「老人家的胃口好，食量不比我們少，還健步如飛，完全看不出早已高齡九十多了呢。」

老人家身體康健，還能到處拍照，真讓人佩服。

他曾說：「再大的好，我沒覺得什麼好，再大的壞，我沒覺得那麼壞。我總覺得沒關係，活著能做點事就很高興了。」

他的確一生都是這樣的達觀。

不把世俗的好壞放在心上，活著，做點事，其他的，都覺得沒有關係。每天都活得高高興興的，他活到一〇三歲，留下的攝影佳作數量驚人。如此，活到老，做到老，孜孜矻矻，簡直是我們學習的楷模。多麼令人佩服。

我相信，也是由於他的內心能時時清澄觀照，才能做到這樣的悠然自適。

【原詞】

宋．張孝祥〈西江月〉：

問訊湖邊春色，重來又是三年。東風吹我過湖船，楊柳絲絲拂面。

世路如今已慣，此心到處悠然。寒光亭下水連天，飛起沙鷗一片。

上次看見湖邊春天的景色，是在三年前；今天再度搭船路過，心中有幾分說不出的激動。陣陣春風吹送渡船送我前往三塔寺，寺旁湖堤上的絲絲柳條，輕輕拂過我的臉龐，好像在向老朋友打招呼。

晃晃盪盪的渡過湖面，彷彿經歷人生道路的起伏顛簸，不過，這一切的波折都已經習慣，不在乎了，走到哪裡都是那麼的閒適自得。好像三塔寺的寒光亭下方的湖水，綿延到天際，偶爾可見河中沙洲飛起一群沙鷗，在水天之間翱翔。

【詞家】

張孝祥（一一三二～一一六九）

字安國，號于湖，歷陽烏江人。自小聰慧，記憶過人，讀書過目不忘。紹興（一一三一～一一六三）舉進士，歷任祕書省正字、起居舍人、集英殿修撰、都督府參贊軍士、建康留守等職。他的狀元策及詩與書法，時稱「三絕」。

張孝祥書法宗晉唐，主學顏真卿。書體「樸藏厚重、骨格遒勁」，甚有顏體風韻。他的書法，在宋朝評價頗高，曹勛在《松隱集》中說「安國字尤為清勁，如枯松折竹，架雪凌霜，超然自放于筆墨之外。」朱熹也說：「安國天資敏妙，其作字多得古人用筆意。」

真愛永恆

她是個國小老師，人很活潑，因為愛美，也善於打扮，是校園中一朵漂亮的花。原是師專畢業的她，先插班讀夜大。既教書又讀書，既是老師又是學生，其實是很忙的。身分轉換的有趣，也讓她很能樂在其中。

總算夜大讀完了，前輩同事好意的提醒她說：「該交個男朋友了，女人的青春不久留。」

不急啊，她享受著屬於自己的青春。雖然也談過幾次感情，也或許是不經意吧，那些感情也都無疾而終。

直到他進了學校教書，好年輕的臉龐。他們一起帶活動，各種活動，相處的時間久了，也發現彼此很談得來。算一算，對方竟然比自己小了七歲，可是感情已日深，想抽身又如何能夠？

那麼，勇往直前吧，他們的決定是這樣。

在那樣久遠的年代，結婚是家族盛事，先徵求家長同意。

稟告雙方父母，得到的是大力反對。

年齡的相差太大了，母親苦勸她回頭。

男方的父母說話就太難聽了：「那還用說嗎？當然是被女方所騙。她的年紀大了，計謀多，哪裡逃得過她的手掌心？」等等，全無一句好話。

她決定揮淚離開，請調偏遠地區小學，斬斷情絲，不作絲毫牽連。

兩年之間，他們完全沒有任何聯絡，看來還真的斷得乾淨。

雙方家長見機不可失，忙著託人介紹，積極推銷，卻似乎成效不彰。因緣事，畢竟難說。

後來，男的去學開車，也買了車，突然想起那女老師來，就見一面吧？

去了，也見了，說話了。竟然碰上大颱風，交通中斷，只有丟下車，隻身下山，因為要趕著第二天上課。臨別前，將車託付給她，記得有時幫忙開開車。

感情終於死灰復燃，這次更為熾熱濃烈了，兩人再也無法分開。

他們認定了彼此才是今生最想攜手共度一生的人，尤其是經歷過往日的風風雨雨，更覺得此刻溫馨的珍貴。多麼像是宋．辛棄疾在〈青玉案．元夕〉中的名句：

眾裡尋他千百度，驀然回首，

那人卻在，燈火闌珊處。

我在眾人之間追尋千百次，以為再也不見她的身影了。忽然回過頭去，卻意外發現對方悄然站立著，就在那燈火零落的一個角落裡。

原來，就是這個人了。

這次，兩人明確而堅決的表達了共結連理的心願，那樣的不顧一切，共同奮鬥，務求披荊斬棘，毫不退縮，十足的勇氣可嘉。看來反對也沒有效了，雙方父母因此沉默，不再表示意見。

他們結婚了。

花落蓮成，修成正果，多麼可喜可賀。

曾經經歷過的種種磨難，也讓他們在心智上蛻變得更為成熟，更知道珍惜得來不易的婚姻，願意相互扶持，更讓感情歷久而彌新。

十多年來，一切都美滿。

【原詞】

宋．辛棄疾〈青玉案．元夕〉：

東風夜放花千樹，更吹落、星如雨。寶馬雕車香滿路。鳳簫聲動，玉壺光轉，一夜魚龍舞。

蛾兒雪柳黃金縷，笑語盈盈暗香去。眾裡尋他千百度，驀然回首，那人卻在，燈火闌珊處。

一夜春風吹開了繁花千樹，更吹落了滿天星斗，晶瑩似雨。華貴的馬車走過，香氣一路瀰漫。鳳簫聲韻悠揚，明月清光流轉，整夜裡魚龍燈盞隨風飄舞。

她迎面走來，頭上的蛾兒釵垂下了黃色的金線，笑語盈盈中，留下了令人心醉的芬芳。我在眾人之間追尋千百次，以為再也不見她的身影了。忽然回過頭去，卻意外發現對方悄然站立著，就在那燈火零落的一個角落裡。

【詞家】

辛棄疾（一一四〇～一二〇七）

字幼安，號稼軒。生性豪爽，崇尚氣節，有俠義之風。一生以收復中原為職志，但一直未受朝廷重視，終以報國無門，抑鬱而死。

詞與蘇軾齊名，世稱蘇辛，繼蘇軾之後，將詞的豪放風格發揚光大，使之蔚為一大宗派，有《稼軒長短句》傳世。由於一生皆處於不得意的政治環境中，因此在辛棄疾的詞裡，抒寫愛國思想之作占有極為重要的地位，詞作交織著意氣風發而又沉鬱悲涼的心情。

其所開創的豪放詞派，打破了音律限制，大量吸收口語及古語入詞，而有詩詞散文合流的現象，技巧上多用比興手法，進一步擴大了詞的表現，達到了宋詞發展的新高峰。辛詞風格多樣，有豪放雄奇、溫柔婉約之作，也有不少恬靜清新描寫鄉居生活、田園風光的作品。學者陳弘治《唐宋詞名作析評》中說：「詞到了稼軒，風格和意境兩方面都大為解放。他以圓熟流走的筆鋒，寫出悲壯淋漓的歌聲，替中國詞壇上留下一個永久的紀念。」

故鄉人情暖

今天臺北的氣溫僅有攝氏七度。

就在如此寒凍的天氣裡，居然能接到妳的電話，心裡真有說不出的歡喜和溫暖。

原來，妳回臺灣做眼睛手術，過程順利，很快就要返美了。

我們在年少時就認識，那時候十三歲吧，都在鎮上的中學讀書，還是同班同學。每天一早，妳騎著單車來我家，然後一起上學。放學時也一起，我先到家，妳再回去。高中時，讀女中，卻不再同班，大學時連學校和科系也都不同，但寒暑假時，總要互訪，說說話。兩個小女生，就這樣一塊兒相伴長大。

妳結婚後，留在臺北教書，我則回南部，也在國中教書。多年以後，我們相遇於臺師大的校園。表面上，似乎斷了的線連接起來，實則在內心裡，我從不認為我們有過分離。

後來，我也調回臺北，只是各有各的忙碌。有時候，我們在電話中談談彼此的近況。我們的父親曾是同事，雙方的兄弟姊妹則大半是同學，交情自然不同。

如手如足，妳是我的另一個姊妹。

我的人生路，走得簡單而平順，沒有太多的高低起伏，也沒有太大的傷痛和眼淚。我在安靜裡過著自己喜歡的生活，我也明白，那最適合我。我相信，其中自有上天的成全和疼惜。比起我，妳則有更多的歷練，多少年過去了，兩個兒子也都成家立業，各自擁有屬於自己的一片天空。

我想起年少時候的妳，人漂亮，宛如清新的小百合，還多才多藝，書法好，繪畫佳，體育老師還不斷來遊說妳加入校隊，真是才情多方；尤其乖巧有禮，見過妳的人沒有不喜歡妳的，當然排隊等著要和妳交往的，更是不計其數。或許，感情的歸向也是一種命定吧。後來妳嫁給了追求妳很久的醫生，可嘆沒能白首偕老，終究黯然分手。

還是有很喜歡妳的人，妳似乎無意走入感情的第二春。

這也是一種自由，讓妳更能隨心所欲的決定自己的行止，或散步或運動或學畫或旅遊。能如願的做自己喜歡的事，我以為，那也是一種幸福。

好懷念我們曾一起共度的年少歲月，如此清純，如此美麗。縱使韶華已逝，卻仍是記憶裡的一盞燈，永遠散發著柔和的光，令人眷念。

然而，屬於我們的青春畢竟是遠去了，行到中年，會不會有幾分像宋・辛棄疾筆下所寫的〈醜奴兒・書博山道中壁〉：

欲說還休，

卻道天涼好個秋。

那些想說又開不了口的，也都是大家所了然於心的，於是，就淡淡的說：「這樣清涼的天氣，秋天真是好啊！」

走過了多少離合悲歡，中年心情有著蕭索和豁達融和的況味，縱使說給昨日的自己來聽，也未必能全然明白吧！

來去匆匆，轉眼妳又要去美國了。還是考慮回臺灣來長住吧！這兒是妳的故國和家園。孩子大了，有他們自己的想法和決定，臺灣則是妳的根和成長的所在。我想，妳會更喜歡這裡的。

歡迎回來，我真心這麼說。

【原詞】

宋．辛棄疾〈醜奴兒．書博山道中壁〉

少年不識愁滋味，愛上層樓。愛上層樓，為賦新詞強說愁。而今識盡愁滋味，欲說還休。欲說還休，卻道天涼好個秋。

少年時不懂什麼是憂愁，常常喜歡登上高樓。常常喜歡登上更高的樓層去，只是為了填首新詞，就勉強說自己很憂愁。如今經歷了歲月，明白了人生憂愁與無奈的滋味，想說又覺得不必說了。那些想說又開不了口的，也都是大家所了然於心的，於是，就淡淡的說：「這樣清涼的天氣，秋天真是好啊！」

冬天的雨

不喜歡冬天的雨，彷彿是越下越冷了。

或許是因為季節的關係。冬天原本氣溫就低，而且入冬越深，氣溫更是下降；加上落雨的潮濕，冷意更不可擋，直讓人難以消受。

出門時，冬衣就已厚重，還得撐傘攜物，天灰濛濛的，連心情也跟著暗淡起來。

你會喜歡冬天嗎？尤其是下雨的冬天？縱使行路也難。

有一天，我讀到宋．辛棄疾〈鷓鴣天．送人〉中所寫的：

江頭未是風波惡，
別有人間行路難。

江湖固然多的是風波，可還不算是最為險惡的，人間心水的波瀾，才真正讓人步步艱難。

如果是這樣，還真不該抱怨冬雨的。

好吧，我應該轉換心境，想到有雨的好處，例如，水庫因此蓄積了足夠的水，不虞匱乏。農耕有水，豐收可期；飲用有水，家家安樂；大地有水，瓜果豐饒。就讓我帶著微笑，來看待生命中的一切吧。

人人都希望快樂，其實，快樂是可以追求的。

有一天，我讀到這樣的話語：「快樂，就是對自己負責，只要付出，慢慢就有改變。」所以，肯負責任，會帶來快樂，而付出，更是得到快樂的良方。

付出關心，付出協助，付出陪伴的時間，付出體貼，付出愛……所有無私的付出，都會帶來由衷的快樂。

尤其，遇到任何難題時，都請正向思考，多一分樂觀，就能少一分的煩惱。樂觀，從來就是快樂人生的主軸。

所以，即使是在雨天裡，也可以想像陽光的溫煦。縱然是在冬日，也可以期待來年的春暖花開。

要能體會出每個季節的好，也要能平靜的接納生命中一切的試煉。

我告訴自己：「天晴好，天陰好，下雨了，也沒有什麼不好。」四季也各有各的特色和美麗，如此，日日都是好日。

往後，我走在冬日的雨中，寧靜的心，會讓我更能領會冬雨的美。

【原詞】

宋．辛棄疾〈鷓鴣天．送人〉

唱徹陽關淚未乾，功名餘事且加餐。浮天水送無窮樹，帶雨雲埋一半山。

今古恨，幾千般，只應離合是悲歡？江頭未是風波惡，別有人間行路難。

陽關三疊早已唱完，眼中的淚水尚未乾涸。建功立名不過是小事，更要為健康多加餐飯。天邊流水岸邊樹，碧水綠樹連綿無有窮盡，只見雨中的陰雲，竟然已經埋掉了一半的青山。

古往今來恨有多少，恐怕成千上萬難以盡數。哪裡只有離別一事，才稱得上是堪悲且堪怨？江湖固然多的是風波，可還不算是最為險惡的。人間心水的波瀾，才真正讓人步步艱難。

遺忘

年少的時候，我以「好記性」而聞名於友輩之間。

我可以輕易的記住許多瑣碎的事情，雖然今天想起來，簡直是雞毛蒜皮到可笑，可是我當時卻都記得一清二楚。

我記得朋友們的衣服、包包、鞋子的顏色、款式和價碼，甚至是哪一天，在哪一家、哪一種情況下買的。我也記得每一個室友愛吃的東西，她家人的名字，以及各自的好朋友是誰？做什麼的？……甚至十年、二十年後，我還提起來問，簡直把她們給嚇死了，她們說：「真是可怕！」

可是，隨著歲月的流逝，我逐漸發現，我的記性沒有以前那麼好了。有時候，我怕忘記，購物前，先在紙上寫下，以免掛一漏萬。我覺得，這一招還不錯，可以一日，我匆忙外出，忘了帶紙條，我想，有什麼問題呢？不過是幾樣東西，難道我還記不住嗎？回到家，一核對，才發現，我居然忘了好幾樣。歲月不饒人，從此，我竟然得靠「備忘錄」過活，這簡直是始料未及。

慢慢的越忘越多，甚至忘掉的比記得的還要多。

千怕萬怕，就怕年老時失智。

有一天，朋友來聊天，我們談到老年失智的問題。

有失智的父母需要照料，是家人很大的壓力和負擔，可是為人兒女的責無旁貸，只有盡力而為。然而，這病沒有良方，服藥也只能防止快速惡化而已。

朋友說：「失智，會讓人忘了很多事。可是，恨，是沒有辦法遺忘的。」這話聽起來多麼讓人驚心。

我有個住花東的好朋友，他的母親失智，每天晚上翻著陳年舊帳跟父親大吵，唉呀，都是幾十年前的事了，說他父親待她不好，對她不起……沒完沒了。

怎麼辦呢？只好聽憑她大吵，直吵到累了睡著，第二天的晚上又周而復始，只省去不少力氣。

求聲音別太大，干擾了鄰居們的生活作息。

原來，恨是這樣的根深蒂固，不易拔除，它埋在心的深處，竟然無法遺忘。讓人想起宋．辛棄疾的〈念奴嬌．書東流村壁〉中所寫：

舊恨春江流不斷，

新恨雲山千疊。

心中的舊恨一如春江東流，無有止盡，新恨則像是雲山的千重萬疊，綿延不絕。真的是，此恨綿綿無絕期。

唉，如果心中有恨，最好早一些化解，寬恕對方，也讓自己得到解脫；否則相伴餘生，恨意綿長，竟然要至死方休，也是可憐。

現在，如果有人問我，「還記得某人、某事嗎？」

我多半答稱：「不記得了。」

其實有些是記得的，卻覺得忘掉也好。記得太多，歷歷如繪，也是負擔。牽掛跟著也多，連心都因此不得閒，彷彿也是在跟自己過不去，那又何必呢？還是忘去吧。

至於那些記不得的，我想，或許是不重要的。

奇怪的是，自從我的記性變差以後，人緣似乎變得更好了。難道大家以為我的好記性也記住了他們的糗事、弱點嗎？或許，他們認為記性壞，比較不具威脅，和常人一般，更容易親近？

越來越容易忘事，我內心不免有些焦慮。但願，我能忘記那些該忘記的，只要不忘了我是誰，就好。

【原詞】

宋．辛棄疾〈念奴嬌．書東流村壁〉

野棠花落，又匆匆過了、清明時節。剗地東風欺客夢，一枕雲屏寒怯。曲岸持觴，垂楊繫馬，此地曾輕別。樓空人去，舊遊飛燕能說。

聞道綺陌東頭，行人長見、簾底纖纖月。舊恨春江流不斷，新恨雲山千疊。料得明朝，尊前重見，鏡裡花難折。也應驚問：近來多少華髮？

野棠花已經飄落，又匆匆的度過了清明時節。突然被一陣東風吹醒了美夢，枕畔只覺得身心都寒怯了起來。在那彎曲的河岸邊曾一起共飲，垂楊下繫馬，曾經在此地輕易別離。眼看樓空人已去，一片落寞，舊遊處，想那飛燕應能訴說我們往日的歡樂。

聽說在那繁華街巷的東邊，曾有行人見過簾底纖足宛如新月。心中的舊恨一如春江東流，無有止盡，新恨則像是雲山的千重萬疊，綿延不絕。如果有一天，即使我和她又在酒宴上重逢，只是像鏡中花一樣再難採擷。她也會驚訝的問我：近來又增添了多少白髮？

卷三——

琹心涵語

◎是誰在天空的藍箋上，以雲樣的筆，寫著深情的詩？

◎一個人能夠曠達自適、怡然自樂，世俗的得失已不可能放在心上了，那麼何處不是桃源？眼前都是好風好水好心情。

◎江湖固然多的是風波，可還不算是最為險惡的，人間心水的波瀾，才真正讓人步步艱難。

◎即使是在雨天裡，也可以想像陽光的溫煦。縱然是在冬日，也可以期待來年的春暖花開。

◎人世這般的無常，你以為一切都能久久長長嗎？卻不知韶光易逝，世事變化莫定，哪裡會在自己的掌握之中？

◎有許多我們在紅塵裡的苦苦追求，其實都只是虛妄，除了無止盡的煩憂，並沒有帶來真正的快樂，那麼，何不捨棄呢？放下肩上那些不該背負的，我們才能輕鬆自在的走應走的路。

◎晃晃盪盪的渡過湖面，彷佛經歷人生道路的起伏顛簸，不過，這一切的波折都已經習慣，不在乎了，走到哪裡都是那麼的閒適自得。

◎如果心中有恨，最好早一些化解，寬恕對方，也讓自己得到解脫，否則相伴餘生，恨意綿長，竟然要至死方休，也是可憐。

◎記得太多，歷歷如繪，也是負擔。牽掛跟著也多，連心都因此不得閒，彷佛也是在跟自己過不去，那又何必呢？還是忘去吧。

卷四——戀戀逝水

元明清

站在歲月的岸邊，
流光送往迎來，不曾歇止，
青春如夢也如浮雲。

教書，不悔的選擇

新春期間，老同學同春和容伊到我家小坐。

她們都在小學教書，直到退休。談起教書種種，有著太多的回憶。

同春一畢業不多久，就被任教的小學告知，要接一班牛頭班，聽說早已氣跑了一個班導。同春知道新進老師無權說不，便也接受了。

同春教美勞，班上有個男生老是興風作浪，小朋友不停的來告狀。同春沒有辦法，只好要那個小男生到老師的近旁來畫圖，親自陪著。

小男生畫了一棵樹，她趕忙稱讚：「畫得太好了！好有精神，姿態也好。」

「真的喔。」小男生簡直不敢相信自己所聽到的，因為從來沒有人說過他好，只有責罵和處罰。於是，他畫得更加的起勁。

下課了，他跟老師說：「下次的美勞課，我還要坐在老師的旁邊。」

在不斷的被稱讚以後，這個孩子的暴戾之氣少了許多。衝撞、魯莽的情形也稍有好轉。

有一天，同春選了一幅他的畫，張貼在學校穿堂的布告欄裡，那些都是優秀的作品，可以給其他的小朋友觀摩。教導主任走過來，看到了，很驚奇，說：「真的是他自己畫的嗎？」

同春跟小男生說：「老師已經把你的圖畫貼在穿堂的布告欄上，教導主任還說：『真的是他自己畫的嗎？』真的，你畫得太好了。」

他笑開了，從此每天都到同春面前來複述：「老師，真的教導主任有說，這圖畫是我自己畫的嗎？」興奮之情溢於言表。

我說：「對他付出太多的關心，所以他能慢慢的變好，可是也排擠了對其他同學的關懷和照顧了。」

我們都在教育的崗位上，深知老師的心力有一定的負荷，但是，誰又忍心做更多的苛責呢？有愛心的老師也一樣需要鼓舞。

容伊更是這樣。

有一個抽菸違規的男生雙手緊握著拳，被帶到容伊的面前，容伊跟主任說：「主任請先回，這件事我會處理。」

然後，跟那男生說：「你的東西，老師先替你保管。你回座位上課吧。」既沒罵他，也沒處罰，小男生那握拳的雙手才慢慢鬆開。

這男生來自單親家庭，爸爸是開計程車的，整天在外頭奔波，忙著養家活口，小男生其實是很寂寞的。在學校裡不斷的鬧事，也只是想引起老師的注意。可惜關愛的眼神難覓，更多的是被罰站、挨打、記過，讓情形每況愈下。

那時候，容伊的家就在學校的對面。

每天放學後，容伊就把他一起帶回家，或在老師家寫功課，容伊在廚房忙時，他就在一旁幫忙撿菜。

就是要帶著，讓他有個去處，讓他感覺到被關心的溫暖。

到底什麼才是我們今生甜蜜的期待呢？該也如同元．許衡〈沁園春〉中所寫的：

歡然處，有膝前兒女，

几上詩書。

如今最感到歡欣的，不過是圍繞在膝前的兒女，還有閒來讀讀几案上的幾卷詩書罷了。

我以為，學生們在好老師的心中也一如兒女，歲月靜好，也就是如此了。同春和容伊都是好老師，教學極為認真，都曾經讓校長親自登門請託。身為他們的老同學，我也「與有榮焉」。

在回顧裡，教書，是我們今生不悔的選擇。當年的努力付出，不只留下了美麗的回憶，也讓生命更有意義。

相較於今日老師的失去「管教權」，動輒得咎，師道幾乎蕩然無存，簡直不可同日而語了。

老師們，請加油！當教育工作無法成為志業，讓人生死以之時，難道不是整個社會的重大損失嗎？

【原詞】

元．許衡〈沁園春〉：

月下檐西，日出籬東，曉枕睡餘。喚老妻忙起，晨餐供具；新炊藜糝，舊醃鹽蔬。飽後安排，城邊墾斸，要占蒼煙十畝居。閒談裡，把從前荒穢，一旦驅除。為農換卻為儒，任人笑，謀生拙更迂。念老來生業，無他長技；欲期安穩，敢避崎嶇。達士聲名，貴家驕蹇，此好胸中一點無。歡然處，有膝前兒女，几上詩書。

月亮已逐漸從屋簷處向西沉去，不久以後，太陽便要從圍籬的東邊升起來了，經過一夜安眠，就在這破曉時分，從枕上的晨光中醒來。又忙著喚醒老妻起床，準備早餐，拿野菜和米煮成粥，再配上以前醃製的鹹菜。吃完早餐後，便一起趕到城外去翻土墾地，要在這一片荒煙蔓草中開墾出十畝田地。在閒談中，已經將從前荒蕪了的土地，在一日之間給整頓好了。

如今已成農夫若要再換成儒士，恐怕要被人取笑了；因為在謀生方面反而更會顯得笨拙或迂腐。想想年紀老了才來謀取生計，又無其他專長；不過是期盼著能夠平穩安定，避開世間的坎坷崎嶇罷了。曾經是賢達名士的聲望，也曾經是貴族的驕縱習氣，此刻在我心中已經一點都不存在了。如今最感到歡欣的，不過是圍繞在膝前的兒女，還有閒來讀讀几案上的幾卷詩書罷了。

【詞家】

許衡（一二〇九～一二八一）

字仲平，又稱魯齋先生，河內（今河南沁陽）人，元代傑出的理學家、教育家。著有《大學直解》、《中庸直解》、《讀易私言》、《小學大義》、《大學要略》等，後人收集其著作而成《魯齋遺書》。

許衡奠定了元朝國學的教育制度，其哲學雖承繼朱熹思想，卻有獨到見解，在心性方面強調自省的修養，認為這樣可以知性、盡心，而在知行問題上，也不注重玄奧之理，而著重道德踐履，在宋元理學上別具特色。

說個故事給我聽

我早年教過的學生說要來看我。

我說：「好啊，每個人都要說個纏綿悱惻的故事給我聽。」

此話一出，果真哀鴻遍野。

聯絡人問：「纏綿悱惻該如何定義呢？」

末了，我想，或許我太強人所難了，於是改口：「只要是感人的，或讓人驚奇的都可以。」

由於座位有限，我只給五個名額。

當我看到名單時，我發現葉秀琴不在名單上，我跟聯絡人說：「如果葉秀琴想來，我願意給她一個特別的名額。」葉秀琴因此歡天喜地的參加。

見面時，我才知道，我只教了她一學期。教過的學生那麼多，才相處一個學期，我居然記住了她；尤其，她還不是喜歡跟前跟後的小女生，連我都有點意外。或許當年她太能幹了，遠超過她的年齡，於是讓我記憶至今。

麗絹說了一個朋友的愛情故事，喜劇收場，讓一切圓滿。當年紀大了，我越來越不願忍受悲痛的結局。麗絹太瘦了，對學生和家人的付出太多，有如蠟燭兩頭燒，不免折損了自己的健康。希望她多加餐飯，努力重拾健康，擁有未來快樂的每一個日子。

碧桂也說了她好朋友的故事，丈夫雖是由父親所相中，婚後，在婆媳的夾縫中，果然願意秉公處理所有的扞格，不讓妻子太受委屈，是個有肩膀的人，值得託付終身。她們幾乎都來自同一所國小；要不，在國中時，不是同班就是隔壁班，也都相熟。

很多人都是先說了別人的故事，然後又說起自己的，艷娟就是。大家頻頻追問艷娟是怎麼嫁給她丈夫的？原來，男主角是當年班上的班長。兩個O型獅子座，還真有夠瞧的。姻緣天注定，也的確是。而碧桂當年無意間的提議，恐怕也是無心插柳的玉成。

孟樺說的是三十年前，妹妹新婚，在蜜月旅行時，妹夫和妹妹竟然雙雙失蹤，至今仍是懸案。這樣的故事太驚悚了，家人的傷痛恐怕也難以平復。

葉秀琴談起受傷母親的臥床，求學過程的飄泊動盪，父親辭世後的託夢，幾度哽咽落淚。塵世的風雨來得太早，也讓她的成長過程特別艱辛。幸好一切都過去了，如今她有很好的工作，還有支持她的丈夫，幸運終究降臨。

金葉住北部，到得比較晚，仍然趕上了我們的說故事。是因為女兒為大家現做了點心，包括蛋糕和各式小餅乾，猶有餘溫，於是我們還有了下午茶時間，紅茶的滋味亦佳。

金葉說的是自己的一場病，不明原因的疼痛難忍，幾度急診。家中上學的上學、上班的上班，兒子被交代要留下來照顧媽媽，卻因此有了很好的親子感情。後來，疼痛也由於使用氣血循環機而好了。

我說了一個品牌的名字。她大驚：「老師也知道？」很久以前的事了。

知道大家都越過越好，特別令我欣慰。

臨分手時，麗絹說：「謝謝老師，您影響了我的一生。」我其實是不敢當的，後來麗絹在教學上的種種用心，都讓我覺得，教育，是愛的傳承和流轉。她做得非常好，不曾辜負我的疼愛。

我跟葉秀琴說：「下次歡迎妳再來。」

「真的喔，一定。」她迫不及待的說，歡欣鼓舞，就怕我會反悔似的，也太有趣了。

唉，真的，每個人都是一個故事，如此真實，也如此撼動人心。

一別竟有四十多年，韶光轉瞬即逝。

我的心中有多少惆悵，會不會也一如明．楊慎在〈臨江仙〉中所寫的：

古今多少事，

都付笑談中。

唉，歷史上發生的多少大事，也不過成了下酒的閒談話題罷了。

那麼，渺小的我們呢？說說一己的悲歡，幾十年的光陰竟也彈指即過了。殷殷話別時，我誠懇的說：歡迎再來。記得喔，說個故事給我聽。

【原詞】

明．楊慎〈臨江仙〉：

滾滾長江東逝水，浪花淘盡英雄。是非成敗轉頭空。青山依舊在，幾度夕陽紅。

白髮漁樵江渚上，慣看秋月春風。一壺濁酒喜相逢。古今多少事，都付笑談中。

長江的波濤不斷洶湧的向東流去，再也不回頭，歷代曾有多少英雄豪傑都像翻滾的浪花，消逝在歷史的長河中。無論是對或錯，成功或失敗，轉眼間就是一場空啊。只有青山依然存在，歲月流轉，日升日落依舊。

白髮老翁在江上捕魚，在小洲上砍柴，早已習慣了春夏秋冬四季的更替。難得和老朋友相見，一起高興的喝上幾杯酒。唉，歷史上發生的多少大事，也不過都成了下酒的閒談話題罷了。

【詞家】

楊慎（一四八八～一五五九）

字用修，號升庵，新都（今成都）人。年僅二十四歲時即進士及第，是蜀中（四川）在明朝的唯一一名狀元。蘇軾之後，精通詩詞文賦曲者，除了楊慎之外別無二人。楊慎文學創作之餘，還擅彈琵琶，致力於經史、書畫、訓詁、音韻等各方面，是學術創作全才。

最著名的長篇彈唱敘史之作《二十一史彈詞》總共十段，陳述三代至元、明末歷史，第三段說秦漢的〈臨江仙〉的名句：「滾滾長江東逝水，浪花淘盡英雄。是非成敗轉頭空。青山依舊在，幾度夕陽紅。」成為廣為傳誦的千古絕唱，也是清初文學批評家毛綸、毛宗崗父子批注在羅貫中《三國演義》的開卷詞。

《明史》稱其：「明世記誦之博，著作之富，推慎為第一。詩文外，雜著至一百餘種，並行於世。」一百餘本著作經後人選輯整理為《升庵集》。

明人周遜《刻詞品序》說他是「當代詞宗」，清人胡薇元《歲寒居詞話》說：「明人詞，以楊用修升庵為第一。」

感謝相遇的緣分

他們重逢，在別離了四十年以後。

知道老師高齡已九十，還算健康，她很高興；也聽說老師的聽力稍差，必須筆談，她決定先給老師寫信。哪知下筆不能自休，足足寫了四大頁。有多少前塵往事湧上心頭，她彷彿走回了過去，那個南方的陽光城市，她在女中讀書。

老師教她歷史，的確學問好、口才佳，令她深深佩服。那時候，她寄居在都市的一個小角落。爸媽都住鄉下，她有著難得的自由。每到黃昏，她就跑到學校的教職員宿舍，找那些單身老師聊天，歷史老師也是其中之一。只是單純的聊天、借書，也使得往後的歲月裡，她經常夢回年少，感謝當年老師們的愛護。

老師讀了她的信，立刻給她打電話，說：「讀了妳的信，很感動，也很高興。」

還約次日下午見面。

果然見到了老師，師母已經在十餘年前去世，老師出了十多本書，也送了她四本。四十年的暌違，自己由年少步向哀樂中年，老師也已垂垂老去。只因當年熟稔，模樣依稀能辨。老師倒說她胖了，或許，在老師的印象裡，仍然存留她十幾歲時的清純樣貌吧。

當年老師博學多聞，曾經在閱讀的天地帶領過她，也在人生的路上影響過她。別後多年，她一直記得老師對她種種的好，不曾或忘。

如今老師的兒女都已長大，各有成就，老師應該很安慰吧。原來老師後來調到臺北的一所公立高中教書，學生們的素質遠不及先前的女中，吵鬧、打架、蹺課，讓老師更加懷念起在女中執教的日子。其實，老師到臺北來，兒女可以受到更好的栽培，人生的得失的確難說。單憑老師如今的住處，當年以臺幣兩百萬購得，如今價碼早已不止千萬了。

一別四十年，老師仍然健朗，她還能和老師重逢，細數別後種種，上天的恩賜何其豐厚！

回來以後，她的心緒久久不能平復，也許是太興奮了，也許是悵觸萬端。老師好像一下子縮小了不少，是因為老了嗎？老師已九十歲了。當然，也因為她長大了，不再是當年天真的小女生。四十年來，各有滄桑。師母病歿，花費太多，那時兒女還在讀書。而她的丈夫罹癌，盛年辭世，多麼不甘，然而再優秀，也爭不過命。現在，兩個兒子都已研究所畢業，有了很好的工作，在經濟上她的壓力不大，或許這是比較幸運的。

紅塵滄桑，讓她想起的是清．王國維在〈浣溪沙〉中的名句：

偶開天眼覷紅塵，
可憐身是眼中人。

偶然間睜開了眼睛看到了紅塵間的人世，然而，悲哀的是，自己就是所看見下面的紅塵中的人。

寫的是對人生哲理的體悟。有誰真能遠離世間所有的苦呢？想來，不幸和挫折，種種試煉，也唯有默然的承受。

不也是由於這種種的試煉，才豐富了人生嗎？

她仍忍不住翻閱老師寫的書，不免莞爾。老師嘲諷的微笑清晰浮上了心頭，畢竟是學歷史的，即使歷經白色恐怖，坐牢十年。那幾乎是一生中最耀眼的年華，都付給了苦牢，然而，他從來不曾在課堂上有一語言及。知道這件事，還是她近年來無意間發現的，驚愕莫名，卻也非常不捨。小時候她看老師，很有練家子的氣概，腹笥甚豐，這也是讓她佩服和懷念的地方。

其實老師的心性還是沒變，喜歡臧否，好議論。幸好這些年來，民主落實，言論開放；要不然，難保不會再被捉將牢去。

想起會面時，老師的聲音宏亮，身體應該還是很不錯的，祝福老師永遠健康且喜樂年年。

感謝曾經相遇的緣分，老師的殷勤帶領，讓她愛上了閱讀，終身都是愛書人，影響甚至及於一生。

【原詞】

清・王國維〈浣溪沙〉：

山寺微茫背夕曛，鳥飛不到半山昏，上方孤磬定行雲。

試上高峰窺皓月，偶開天眼覷紅塵，可憐身是眼中人。

在微茫遙遠的山上，背著斜暉，有一座寺廟，半山的天色已經昏暗了，連鳥都飛不到那兒，那上邊的寺廟裡有孤磬的聲音傳來，美妙得連飄過的雲朵都忍不住停下來不肯離開。

努力想要爬上那寺廟所在的高高山峰上，看天上的明月，偶然間睜開了眼睛看到了紅塵間的人世，然而，悲哀的是，自己就是所看見下面的紅塵中的人。

【詞家】

王國維（一八七七～一九二七）

字靜安、伯隅，號觀堂、永觀。清末秀才，中國近代享譽國際的學者，在文學、美學、史學、哲學、文字學、考古學等各領域成就卓越的國學大師。與梁啟超、陳寅恪、趙元任，被稱為清華國學研究院的四大導師。陳寅恪認為王國維的學術成就「幾若無涯岸之可望、轍跡之可尋」。

其文學評論著作《人間詞話》有云：「古今之成大事業、大學問者，必經過三種之境界：『昨夜西風凋碧樹。獨上高樓，望盡天涯路。』此第一境界也。『衣帶漸寬終不悔，為伊消得人憔悴。』此第二境界也。『眾裡尋他千百度，驀然回首，那人卻在，燈火闌珊處。』此第三境界也。」他所闡述的詞以境界為上的「境界說」影響極其深遠。

王國維的詞常帶有悲天憫人的情懷，對人生理想的追求是其核心主題，對人生哲理多所抒發。學者周策縱《論王國維人間詞》曾論：「往往以沉重之心情，不得已之筆墨，透露宇宙悠悠、人生飄忽、悲歡無據之意境，亦即無可免之悲劇。」

卷四——

琹心涵語

◎有多少前塵往事湧上心頭，她彷彿走回了過去，那個南方的陽光城市，她在女中讀書。

◎感謝曾經相遇的緣分，老師的殷勤帶領，讓她愛上了閱讀，終身都是愛書人，影響甚至及於一生。

◎如今最感到歡欣的，不過是圍繞在膝前的兒女，還有閒來讀讀几案上的幾卷詩書罷了。

◎偶然間睜開了眼睛看到了紅塵間的人世，然而，悲哀的是，自己就是所看見下面的紅塵中的人。

◎有誰真能遠離世間所有的苦呢？想來，不幸和挫折，種種試煉，也唯有默然的承受。不也是由於這種種的試煉，才豐富了人生嗎？

九歌文庫 1255

最美是詞

四十帖溫潤生活的詞句，勾勒生命的幸福光景

作者　琹涵
責任編輯　張晶惠
創辦人　蔡文甫
發行人　蔡澤玉
出版發行　九歌出版社有限公司
臺北市105八德路3段12巷57弄40號
電話／02-25776564・傳真／02-25789205
郵政劃撥／0112295-1
九歌文學網　www.chiuko.com.tw
印刷　晨捷印製股份有限公司
法律顧問　龍躍天律師・蕭雄淋律師・董安丹律師
初版　2017年6月
初版 4 印　2021年4月
定價　280元

書號　F1255
ISBN　978-986-450-128-1
（缺頁、破損或裝訂錯誤，請寄回本公司更換）

國家圖書館出版品預行編目資料

最美是詞：四十帖溫潤生活的詞句，勾勒生命的幸福光景 / 琹涵著. -- 初版. -- 臺北市：九歌, 2017.06

面；14.8×21公分. --（九歌文庫；1255）

ISBN 978-986-450-128-1（平裝）

855　　　　106007124